Great Italian Stories

Jhumpa Lahiri is an award-winning author and translator. She received the Pulitzer Prize in 2000 for *Interpreter of Maladies*, her debut story collection, and was awarded a National Humanities Medal in 2015. Her other works of fiction in English include *The Lowland*, which was a finalist for the Man Booker prize.

Lahiri has also written five books directly in Italian, including *In altre parole* (translated as *In Other Words*), the novel *Dove mi trovo* (translated as *Whereabouts*) and *Racconti Romani*, published in English as *Roman Stories*. Her translation of Domenico Starnone's *Trick* was a Finalist for the National Book Award and her essay collection *Translating Myself and Others* was a finalist for the 2023 PEN/Diamonstein-Spielvogel Award. She divides her time between Rome and New York, where she is the Millicent C. McIntosh Professor of English and Director of the Creative Writing Program at Barnard College.

Great Italian Stories

Ten Parallel Texts

Edited by Jhumpa Lahiri

PENGUIN BOOKS

PENGUIN CLASSICS

UK | USA | Canada | Ireland | Australia
India | New Zealand | South Africa

Penguin Books is part of the Penguin Random House group of companies
whose addresses can be found at global.penguinrandomhouse.com

First published 2024

005

English texts first published in Penguin Classics in *The Penguin Book of Italian Short Stories* 2020

Selection copyright © Jhumpa Lahiri

The acknowledgements on pp. 173–4 constitute an extension of this copyright page

The moral right of the editor and of the translators has been asserted

Set in 11.25/14pt Dante MT Std
Typeset by Jouve (UK), Milton Keynes
Printed and bound in Great Britain by Clays Ltd, Elcograf S.p.A.

The authorized representative in the EEA is Penguin Random House Ireland,
Morrison Chambers, 32 Nassau Street, Dublin D02 YH68

A CIP catalogue record for this book is available from the British Library

ISBN: 978-0-241-63445-5

www.greenpenguin.co.uk

Great Italian Stories

Indice

Contents

---

* The Italian title of this story is 'Invito a pranzo'. The word 'pranzo' ordinarily refers to lunch, but in official and upper-class circles it applies to the evening meal.

Nota della curatrice

Quando la Penguin Classics mi ha proposto di curare *The Penguin Book of Italian Short Stories,* ho cercato di mettere insieme il maggior numero possibile degli autori che hanno ispirato e alimentato il mio amore per la letteratura italiana, e in particolare per i racconti. Volevo creare un 'antologia che io e altri docenti saremmo stati entusiasti di adottare come libro di testo e che gli studenti sarebbero stati entusiasti di leggere. Volevo includere una grande varietà di stili, tante voci diverse. La raccolta che ne risulta, e che non si può'affatto considerare esaustiva, rispecchia i miei gusti e la mia sensibilità, e allo stesso tempo rispecchia un momento preciso del mio percorso di lettrice. Ho gettato una rete di ricerca assai ampia, e anche, inevitabilmente, un po' arbitraria. Diversi autori – compresi alcuni ai quali sono particolarmente affezionata – sono stati esclusi per una ragione o per l'altra; altri sono semplicemente sfuggiti alla rete. I dieci racconti selezionati per questa edizione parallela rappresentano una scrematura di quel processo. Spero che la lettura di queste traduzioni accanto ai testi originali sarà un'esperienza arricchente per chi ama la lingua e la cultura italiana.

La lingua è l'essenza della letteratura, ma è anche ciò che la rinchiude in se stessa, relegandola nel buio e nel silenzio. La traduzione è l'unica soluzione possibile. Questo libro, che celebra le figure di così tanti scrittori-traduttori, è sia un omaggio ai racconti italiani, sia una conferma della necessità – estetica, politica, etica – dell'atto di tradurre. Nel tradurre alcuni di questi racconti in inglese, ed editarne altri, ho raddoppiato il mio impegno in questo senso. Un ringraziamento speciale ad Alessandro Giammei che ha tradotto il testo della quarta di questo volume, e a Chiara Benetollo per aver controllato ogni minime dettaglio fino alla fine. Soltanto le traduzioni possono allargare l'orizzonte letterario, aprire le porte, abbattere un muro.

Editor's Note

When Penguin Classics asked me to curate *The Penguin Book of Italian Short Stories,* I set out to gather together as many of the authors who have inspired and nourished my love for Italian literature, and for the Italian short story in particular. I wanted a volume I and others would be excited to teach from, and that students, ideally, would be eager to read. I wanted to include a wealth of styles, and a range of voices. The resulting collection, by no means comprehensive, reflects my judgement and sensibility, and also encapsulates a specific moment of my reading trajectory. I cast a wide net and, as is inevitably the case, a somewhat arbitrary one. Some authors – including several particularly dear to me – were consciously excluded due to one rationale or the other; others simply escaped unseen. The ten stories selected for this parallel text edition represent a cross-section of the stories that emerged from that process. I hope that reading these translations alongside the Italian originals will prove to be an enriching experience for lovers of Italian language and culture.

Language is the substance of literature, but language also locks it up again, confining it to silence and obscurity. Translation, in the end, is the key. This volume, which honours so many writer-translators, is as much a tribute to the Italian short story as it is validation of the need – aesthetic, political, ethical – for translation itself. I am enormously grateful to the team that has worked to bring the works of these writers into English for the first time, or to retranslate stories with greater accuracy and intuition. In the process of translating some of these stories myself and editing the contributions of others, I have deepened my own awareness and respect for what it means to transport literature from one language to another, and I have redoubled my commitment to doing so. Special thanks go to Alessandro Giammei, who provided the Italian translation of the back cover, and to Chiara Benetollo for seeing to every last detail. Only works in translation can broaden the literary horizon, open doors, break down the wall.

Great Italian Stories

ELIO VITTORINI

Nome e lagrime

Io scrivevo sulla ghiaia del giardino e già era buio; da un
pezzo con le luci accese a tutte le finestre.

Passò il guardiano.

'Che scrivete?' mi chiese.

'Una parola,' risposi.

Egli si chinò a guardare, ma non vide.

'Che parola è?' chiese di nuovo.

'Bene' dissi io. 'È un nome.'

Egli agitò le sue chiavi.

'Niente viva? Niente abbasso?'

'Oh no!' io esclamai.

E risi anche.

'È un nome di persona,' dissi.

'Di una persona che aspettate?' egli chiese.

'Sì,' io risposi. 'L'aspetto.'

Il guardiano allora si allontanò, e io ripresi a scrivere.
Scrissi e incontrai la terra sotto la ghiaia, e scavai, e scrissi, e
la notte fu più nera.

Ritornò il guardiano.

'Ancora scrivete?' disse.

'Sì,' dissi io. 'Ho scritto un altro poco.'

'Che altro avete scritto?' egli chiese.

'Niente d'altro,' io risposi. 'Nient'altro che quella parola.'

Name and Tears

I was writing in the gravel in the garden and it was dark already; lit for a while now by the lights from all the windows.

The guard passed by.

'What are you writing?' he asked.

'A word,' I replied.

He bent down to have a look, but couldn't make it out.

'What word is it?' he asked again.

'Well,' I said. 'It's a name.'

He jangled his keys.

'With no 'Long live . . .'? No 'Down with . . .'?'

'Oh no!' I exclaimed.

And I laughed as well.

'It's the name of a person,' I said.

'A person you're waiting for?' he asked.

'Yes,' I replied. 'I'm waiting for her.'

Then the guard walked away, and I resumed my writing. I wrote and reached the earth beneath the gravel: I dug and wrote, and the night turned blacker still.

The guard returned.

'Still writing?' he asked.

'Yes,' I said. 'I've written a bit more.'

'What else have you written?' he asked.

'Nothing else,' I replied. 'Nothing except that word.'

'Come?' il guardiano gridò. 'Nient'altro che quel nome?'

E di nuovo agitò le sue chiavi, accese la sua lanterna per guardare.

'Vedo,' disse. 'Non è altro che quel nome.'

Alzò la lanterna e mi guardò in faccia.

'L'ho scritto più profondo,' spiegai io.

'Ah così?' egli disse a questo. 'Se volete continuare vi do una zappa.'

'Datemela,' risposi io.

Il guardiano mi diede la zappa, poi di nuovo si allontanò, e con la zappa io scavai e scrissi il nome sino a molto profondo nella terra. L'avrei scritto, invero, sino al carbone e al ferro, sino ai più segreti metalli che sono nomi antichi. Ma il guardiano tornò ancora una volta e disse: 'Ora dovete andarvene. Qui si chiude.'

Io uscii dalle fosse del nome.

'Va bene,' risposi.

Posai la zappa, e mi asciugai la fronte, guardai la città intorno a me, di là dagli alberi oscuri.

'Va bene,' dissi. 'Va bene.'

Il guardiano sogghignò.

'Non è venuta, eh?'

'Non è venuta,' dissi io.

Ma subito dopo chiesi: 'Chi non è venuta?'

Il guardiano alzò la sua lanterna a guardarmi in faccia come prima.

'La persona che aspettavate,' disse.

'Sì,' dissi io 'non è venuta.'

Ma, di nuovo, subito dopo, chiesi: 'Quale persona?'

'Diamine!' il guardiano disse. 'La persona del nome.'

E agitò la sua lanterna, agitò le sue chiavi, soggiunse: 'Se volete aspettare ancora un poco, non fate complimenti.'

'What?' the guard shouted. 'Nothing except that name?'

And he rattled his keys again, and lit his lantern to have a look.

'So I see,' he said. 'There's nothing there but that name.'

He raised the lantern and looked into my face.

'I've written it deeper,' I explained.

'Is that right?' he replied. 'If you want to continue, I'll give you a hoe.'

'Give it to me,' I said.

The guard gave me the hoe, then went off again, and with the hoe I dug and wrote the name deep into the ground. In truth I would have inscribed it as far down as seams of coal or iron are found, down to the most secret metals, which bear ancient names. But the guard came back again and said: 'You have to leave now. It's closing time.'

I climbed out of the name ditch.

'All right,' I replied.

I put down the hoe, wiped my brow and looked at the city around me, through the dark trees.

'All right,' I said. 'All right.'

The guard grinned.

'She hasn't come, right?'

'She hasn't come,' I said.

But immediately afterwards I asked: 'Who hasn't come?'

The guard lifted his lantern and looked into my face like before.

'The person you were waiting for.'

'Yes,' I said, 'she hasn't come.'

But then once again, straight away I asked: 'What person?'

'Damn it!' the guard said. 'The person with the name.'

He shook his lantern, rattled his keys and added: 'If you'd like to wait a little longer, don't mind me.'

'Non è questo che conta,' dissi io. 'Grazie.'

Ma non me ne andai, rimasi, e il guardiano rimase con me, come a tenermi compagnia.

'Bella notte!' disse.

'Bella,' dissi io.

Quindi egli fece qualche passo, con la sua lanterna in mano, verso gli alberi.

'Ma,' disse 'siete sicuro che non sia là?'

Io sapevo che non poteva venire, pure trasalii.

'Dove?' dissi sottovoce.

'Là,' il guardiano disse. 'Seduta sulla panca.'

Foglie, a queste parole, si mossero; una donna si alzò dal buio e cominciò a camminare sulla ghiaia. Io chiusi gli occhi per il suono dei suoi passi.

'Era venuta, eh?' disse il guardiano.

Senza rispondergli io m'avviai dietro a quella donna.

'Si chiude,' il guardiano gridò. 'Si chiude.'

Gridando 'si chiude,' si allontanò tra gli alberi.

Io andai dietro alla donna fuori dal giardino, e poi per le strade della città.

La seguii dietro a quello ch'era stato il suono dei suoi passi sulla ghiaia. Posso dire anzi: guidato dal ricordo dei suoi passi. E fu un camminare lungo, un seguire lungo, ora nella folla e ora per marciapiedi solitarii fino a che, per la prima volta, non alzai gli occhi e la vidi, una passante, nella luce dell'ultimo negozio.

Vidi i suoi capelli, invero. Non altro. Ed ebbi paura di perderla, cominciai a correre.

La città, a quelle latitudini, si alternava in prati e alte case, Campi di Marte oscuri e fiere di lumi, con l'occhio

'That isn't what matters,' I said. 'But thanks.'

But I didn't leave, I stayed and the guard stayed with me, as if
to keep me company.

'Lovely night!' he said.

'Lovely,' I said.

Then, carrying his lantern, he took a few steps towards the
trees.

'I wonder,' he said. 'Are you sure she's not there?'

I knew that she could not have come, yet I was startled.

'Where?' I whispered.

'Over there,' said the guard. 'Sitting on the bench.'

The leaves rustled as he said these words; a woman stood
up in the dark and started to walk on the gravel. On hearing
her footsteps, I closed my eyes.

'So she had come after all, had she?' said the guard.

Without answering, I followed after the woman.

'We're closing!' the guard shouted. 'We're closing!'

Shouting 'We're closing', he disappeared amongst the trees.

I followed the woman out of the garden and through the
streets of the city.

I followed after what had been the sound of her steps on
gravel. Or you might say, rather, that I was guided by the
memory of her footsteps. And it turned out to be a long walk,
a long pursuit, now amidst the crowd, now along deserted
pavements until, raising my eyes, I saw her for the first time, a
passer-by, by the light of the last shop.

What I saw, actually, was her hair. Nothing else. And fearing
that I would lose her, I started to run.

The city in these parts alternated between meadows and tall
houses, dimly lit parks and lit-up funfairs, with the red eye of

rosso del gasogeno al fondo. Domandai più volte: 'È passata di qua?.'

Tutti mi rispondevano di non sapere.

Ma una bambina beffarda si avvicinò, veloce su pattini a rotelle, e rise.

'Aaah!' rise. 'Scommetto che cerchi mia sorella.'

'Tua sorella?' io esclamai. 'Come si chiama?'

'Non te lo dico,' la bambina rispose.

E di nuovo rise; fece, sui suoi pattini, un giro di danza della morte intorno a me.

'Aaah!' rise.

'Dimmi allora dov'è,' io le domandai.

'Aaah!' la bambina rise. 'È in un portone.'

Turbinò intorno a me nella sua danza della morte ancora un minuto, poi pattinò via sull'infinito viale, e rideva.

'È in un portone,' gridò da lungi, ridendo.

C'erano abbiette coppie nei portoni ma io giunsi ad uno ch'era deserto e ignudo. Il battente si aprì quando lo spinsi, salii le scale e cominciai a sentir piangere.

'È lei che piange?' chiesi alla portinaia.

La vecchia dormiva seduta a metà delle scale, coi suoi stracci in mano, e si svegliò, mi guardò.

'Non so,' rispose. 'Volete l'ascensore?'

Io non lo volli, volevo andare sino a quel pianto, e continuai a salire le scale tra le nere finestre spalancate. Arrivai infine dov'era il pianto; dietro un uscio bianco. Entrai e l'ebbi vicino, accesi la luce.

Ma non vidi nella stanza nessuno, né udii più nulla. Pure, sul divano, c'era il fazzoletto delle sue lagrime.

the gasworks in the background. Many times I asked: 'Did she come this way?'

Everyone told me that they didn't know.

But a mocking child came up, quickly, on roller-skates, and laughed.

'Haah!' she laughed. 'I bet you're looking for my sister.'

'Your sister?' I exclaimed. 'What's her name?'

'I'm not telling you,' the girl replied.

And again she laughed, doing a dance of death around me on her roller-skates.

'Haah!' she laughed.

'Then tell me where she is,' I said.

'Haah!' laughed the girl. 'She's in a doorway.'

She skated her dance of death around me again for a moment, then sped off up the endless avenue, laughing.

'She's in a doorway,' she called back from afar, still laughing.

The doorways were all occupied by abject couples, but I arrived at one that was abandoned and empty. The door opened when I pushed it. I went up the stairs and began to hear someone crying.

'Is it her crying?' I asked the concierge.

This old woman was sitting asleep, halfway up the stairs with her rags in her hand – and she woke up and looked at me.

'I don't know,' she replied. 'Do you want the lift?'

I did not want it, I wanted to go to where the crying was, and I continued to climb the stairs between the black, wide-open windows. I finally came to where the crying was, behind a white door. I went in, felt her close to me and turned on the light.

But I saw no one in the room, and heard nothing more. And yet there, on the sofa, was the handkerchief, damp with her tears.

ALBERTO SAVINIO

Bago

'Buongiorno, Bago.'

Questo augurio Ismene lo dice ogni mattina appena sveglia, e ogni sera prima di addormentarsi dice: 'Buonanotte Bago.' Le parrebbe altrimenti d'iniziare male la giornata e di terminarla male, anzi di non iniziarla e di non terminarla. Cosí in passato se non avesse detto 'buongiorno' e 'buonanotte' al babbo e alla mamma. Poi soltanto alla mamma quando il babbo morí. Poi soltanto a Bug quando anche la mamma morí. E ora soltanto a Bago che anche Bug è morto che aveva tanti peli sugli occhi e lo sguardo umano. A suo marito Ismene dimentica talvolta di dire 'buongiorno' o 'buonanotte', ma allora non le pare di iniziare male la giornata o di terminarla male. Rutiliano del resto è cosí di rado in casa, cosí spesso in viaggio . . . Una mattina Rutiliano aprí la porta e domandò: 'Con chi parlavi?' Ismene rispose: 'Forse nel sogno,' e questa risposta ella non ebbe difficoltà a trovarla. Non ebbe neanche l'impressione di mentire. La parte migliore della sua vita è della specie di un sogno che tanto dormendo essa sogna quanto vegliando, e anche i suoi dialoghi segreti con Bago fanno parte della parte del sogno. Dicendo che col dire 'Buongiorno Bago' parlava nel sogno, Ismene non mentiva.

'Buongiorno Bago.'

Ismene è seduta sul letto, la testa china d'un lato, le mani

Bago

'Good morning, Bago.'

This is what Ismene says every day the moment she wakes up, and every night before going to bed she says, 'Goodnight, Bago.' Otherwise she'd feel as if she had started or ended the day wrong, indeed as if she had not started or ended it at all. The same way she would have felt in the past if she hadn't said 'Good morning' and 'Goodnight' to Daddy and Mummy. And then only to Mummy after Daddy died. Then only to Bug after Mummy died too. Then only to Bago, after the death of Bug, with all that hair over his eyes and oh so human look. Sometimes Ismene forgets to say 'Good morning' or 'Goodnight' to her husband, but that doesn't make her feel as if she has begun or ended the day wrong. Besides, Rutiliano is so rarely at home, so often on a trip . . . One morning when Rutiliano opened the door and asked, 'Who were you speaking to?' Ismene answered, 'Maybe in my sleep,' an answer she had no trouble inventing. She didn't even have the impression she was lying. The best part of her life is like a dream she dreams when she's awake and when she's asleep, and her secret conversations with Bago belong to the dream world, too. When she said that by saying 'Good morning, Bago' she was talking in her sleep, Ismene wasn't lying.

'Good morning, Bago.'

Ismene is sitting on the bed, her head leaning to one side,

unite e calde ancora di notte, sorridendo nella direzione di
Bago come a un padre robusto e protettore, e sta in ascolto.
La camera è odorosa di sognati sogni come di fiori appassiti.
Sola traccia che i sogni si lasciano dietro è questo odore, e se
la camera la mattina puzza è che abbiamo sognato brutto.
Sulla tenda tirata davanti la finestra lucono come gradini di
una scala d'oro le striscie della luce mattutina che trapela
tra le stecche dell'avvolgibile. I mobili sono ombre gravi che
emergono dal pallore del muro. Su una sedia albeggia la
biancheria di Ismene. Sul soffitto trèmola un serto di luce che
non si sa onde venga, un alone forse entro il quale si affaccerà
la testa di un angelo. Ma Billi angelo non è.

Che aspetta di ascoltare Ismene? Che cosa ascolta? Che
cosa ha ascoltato?

*

*(Ismene balza leggera giù dal letto e corre a piedi nudi ad aprire la
finestra).*

*

Nulla ha echeggiato nella camera, eppure Ismene egualmente
ha udito ed è contenta. Essa stamattina è più impaziente
del solito dell'attesa voce, più contenta di averla udita. Oggi
Billi ritorna dal suo lungo viaggio. Oggi Ismene ha bisogno
più che negli altri giorni di sentire Bago presente e la sua
protezione.

Ora la camera è chiara, l'odore dei sogni vizzi si è
dissipato. Ismene indugia alla finestra, in fondo alla valle
galleggiano ancora alcuni vapori. E' contenta. Il suo corpo
roseggia dietro il velo della camicia da notte, s'incupisce alla
commessura delle cosce e del bacino in un'ombra triangolare
simile all'occhio di un dio tenebroso. Ma chi all'infuori di
Bago può vedere il corpo stretto di Ismene sotto il velo della

her hands clasped together and still warm from the night, smiling in the direction of Bago, as if he were a strong, protective father. She sits there listening. The bedroom smells of dreamt dreams, like wilted flowers. The only trace the dreams leave behind is this smell, and if the bedroom stinks in the morning it's because we've had bad dreams. The morning light peeks through the blinds in stripes, shining like the rungs of a golden ladder through the drawn curtains. The furniture is a heavy shadow emerging from the pallor of the wall. Ismene's undergarments glow white on a chair. A crown of light of unknown origin trembles on the ceiling, a halo within which the head of an angel might appear. But Billi is no angel.

What is Ismene waiting to hear? What does she hear? What did she hear?

*

(Ismene alights from the bed and races barefoot to open the window.)

*

Nothing echoed in the room, yet Ismene has still heard and is content. This morning she is more impatient than usual for the awaited voice, more happy that she has heard it. Today Billi is coming back from his long trip. Today more than other days Ismene needs to feel the presence and protection of Bago.

Now the room is bright, the smell of withered dreams has dissipated. Ismene lingers at the window; down in the valley some vapours are still floating. She is content. Beneath her nightgown her body turns pink, and darkens at the fold of her thighs and hips in a triangular shadow like the eye of a mysterious god. But who apart from Bago can see the skinny body of Ismene beneath the veil of her nightgown, like a big

camicia, simile a un gran pesce rosa sotto un pelo d'acqua? Di Bago Ismene non ha vergogna . . . Eppure Sí. Ma è un'altra specie di vergogna. E' il timore di fare a Bago qualcosa che a Bago non bisogna fare. Prima di aprire i battenti di Bago Ismene rimane un po' incerta, come quando, bambina, stava per sbottonare la giacca del babbo e cavargli dal panciotto l'orologio per sentire sonare le ore e i quarti.

Babbo, mamma, Bug, Bago, Billi. Quanto diverso il nome Rutiliano da questi nomi che sembrano formati apposta per la bocca di un bambino, di un balbuziente, di una creatura debole! Quanto estraneo il nome Rutiliano!

Altri sono i momenti di vergogna. Quando Rutiliano viene a trovare Ismene di notte. Ismene allora si alza dal letto, va a prendere il grande paravento e lo apre tra il letto e Bago, cosí da nascondere il letto. Rutiliano ogni volta stupisce di quella manovra e chiede spiegazioni. Ismene dice che ha paura dell'aria. L'aria? Si l'aria che passa sotto la porta. E a rendere più forte il riparo Ismene spiega sul paravento la coperta di giorno del letto, che di notte sta ripiegata su una sedia. Rutiliano guarda quelle operazioni con occhio incomprensivo. Del resto che cosa capisce Rutiliano? Che cosa capisce di lei? Rutiliano è grave e distante. Non ride mai e tiene dietro a certe occupazioni misteriose che necessitano frequenti viaggi. Malgrado il mistero che le avvolge, Ismene non ha curiosità di conoscere le occupazioni di Rutiliano. Fin dove arrivano i suoi ricordi d'infanzia, Ismene ricorda Rutiliano. Questi faceva parte della casa come il divano fa parte del salotto, come la credenza fa parte della stanza da pranzo. Per Natale e la Befana Rutiliano arrivava carico di scatole, dalle quali estraeva con meticolosità i regali. Ismene allora lo baciava in fronte e diceva: 'Grazie, zio Rutiliano.' Zio era un titolo d'onore e, per Ismene, sinonimo di vecchio. Non piaceva a

pink fish beneath a sliver of water? Ismene isn't embarrassed by Bago . . . Yet she is. But it's another kind of embarrassment. It's the fear of doing something to Bago that shouldn't be done to Bago. Before opening Bago's doors Ismene stands there, unsure of herself, like when she was a little girl and was about to unbutton her daddy's jacket and fish his pocket-watch out of his vest to hear it chime the hours and quarter hours.

Daddy, Mummy, Bug, Bago, Billi. Rutiliano was a name so different from those names, which seem to have been shaped deliberately by the mouth of a child, a stutterer, a weak little baby. What a strange name, Rutiliano!

The moments of embarrassment are another matter. When Rutiliano comes to Ismene at night, Ismene gets out of bed, pulls out the big folding screen, and opens it up between the bed and Bago, in order to hide the bed. Rutiliano is always dismayed by this gesture, and he asks for an explanation. Ismene says she is afraid of the air. The air? Yes, the air that passes under the door. And to reinforce the shelter, Ismene drapes a coverlet over the screen, which she folds back up and places on a chair at night. Rutiliano watches these actions with an uncomprehending eye. Well, what does Rutiliano understand anyway? What does he understand about her? Rutiliano is serious and distant. He never laughs and he busies himself with mysterious jobs that require frequent trips. Despite the mystery that envelops them, Ismene has no interest in finding out about Rutiliano's jobs. For as far back as her childhood memories can reach, Ismene remembers Rutiliano. He was as much a part of the household as a sofa is part of the living room, as a sideboard is part of a dining room. For Christmas and the Epiphany, Rutiliano used to arrive with an armload of packages, from which he would meticulously extract presents. Ismene would then kiss him on the forehead and say, 'Thank you, Uncle Rutiliano.' Uncle

Ismene baciare la fronte dello zio Rutiliano né tanto meno
farsi baciare da lui. Eppure quando anche la mamma morí,
non rimaneva altro da fare che sposare lo zio Rutiliano. A
chi profittava quel matrimonio? A zio non di certo. Cosí
almeno diceva lui. Dalla vita ormai questi non aspettava più
nulla. A Ismene invece quel matrimonio avrebbe assicurato
benessere e protezione. 'Non ci si sposa mica per il solo
nostro piacere.' Cosí disse zio Rutiliano il quale parlava
molto di rado, ma le pochissime volte che parlava diceva
delle verità inconfutabili. 'Fortuna che parla cosí di rado!'
disse Billi a Ismene, e chinò la testa. L'abito di seta, il velo
bianco, i regali, gl'invitati, il pranzo avrebbero potuto
fare del giorno delle nozze un giorno lieto, ma proprio in
quel giorno Billi partí per arruolarsi nella marina. 'Come
sarebbe felice la tua povera mamma, come sarebbe felice il
tuo povero papà!' disse zio Rutiliano, che in quel giorno fu
anche più silenzioso del solito.

A tavola, davanti a trenta invitati che si abbottavano,
Ismene chiamò suo marito 'zio Rutiliano', e immediatamente
il gelato le andò per traverso. Pochi giorni dopo, affinché
Ismene non ricadesse nello stesso errore, Rutiliano cambiò
nome e si fece chiamare Ruti. Non era vero però che Ruti
avesse sempre ragione. Ismene non trovò in suo marito quella
sicurezza, quella confidenza che aveva avuto nei suoi genitori,
e per ritrovare le quali si era unita in matrimonio con lui.
Le trovò invece in Bug che aveva tanti peli sugli occhi e lo
sguardo umano, e dopo la morte di Bug le trovò in Bago. E
Bago era impossibile che morisse. Ruti un giorno parlò di
rinnovare i mobili della camera da letto, mettere dei mobili
più chiari, più freschi, più intonati alla camera di una giovane
sposa. Ismene difese i 'suoi' mobili con un accanimento che
sbalordí Ruti. Questi si maravigliò di un attaccamento cosí
forte a mobili di cosí poco valore, ma in fondo fu contento

was an honorary title and, for Ismene, a synonym for 'old'. Ismene didn't like kissing the forehead of Uncle Rutiliano and especially didn't like being kissed by him. Yet when Mummy died, too, the only thing she could do was marry Uncle Rutiliano. Whom did this marriage benefit? Certainly not Uncle. At least that's what he said. He no longer expected anything from life. To Ismene, instead, the marriage assured her of a comfortable life and protection. 'People like us don't get married just for pleasure.' This is what Uncle Rutiliano said. He spoke so rarely, but the very few times that he did he uttered indisputable truths. 'Lucky he speaks so rarely!' said Billi to Ismene, and he bowed his head. The silk dress, the white veil, the presents, the guests, the dinner could have made their wedding day a happy day, but on that very day Billi left to enlist in the navy. 'How happy your poor mummy would be, how happy your poor daddy would be!' said Uncle Rutiliano, who on that day was even quieter than usual.

At the table, in front of the thirty guests who were stuffing their faces, Ismene called her husband 'Uncle Rutiliano', and immediately the ice cream went down the wrong way. A few days later, to keep Ismene from making the same mistake, Rutiliano changed his name and had everyone call him Ruti. But it wasn't true that Ruti was always right. Ismene did not find in her husband the security, the confidence that she had felt with her parents, things she'd hoped to regain in marrying him. She found them instead in Bug, with all that hair over his eyes and oh so human look, and after Bug's death she found it in Bago. And it was impossible for Bago to die. One day Ruti talked about getting new bedroom furniture, putting in furniture that was lighter, fresher, more suitable for the bedroom of a young bride. Ismene defended 'her' furniture with an obstinacy that shocked Ruti. He was dismayed by such a strong attachment to furniture that was worth so little,

di non fare nuove spese. Ismene, specie quando suo marito era in casa, passava la giornata nella propria camera vicino a Bago. Il 'vecchio' armadio l'aveva vista nascere, aveva custodito i suoi abiti di bambina, poi quelli di fanciulla e ora custodiva i suoi abiti di donna. Sta seduta accanto al battente socchiuso, come per ascoltare i palpiti di quel cuore tenebroso ma profondamente buono. Si confida con lui. Dice a lui quello che ad altri e soprattutto a Ruti non direbbe mai. Gli parla del ritorno di Billi.

Ruti si affacciò alla porta, annunciò con aria lugubre che partiva con la macchina e non sarebbe ritornato se non l'indomani. Ismene lo baciò in fronte, come quanto Ruti era ancora 'zio Rutiliano' e le portava i regali di Natale.

*

Ora Ismene e Billi stanno silenziosi uno di fronte all'altro, come se non avessero nulla da dirsi. E' forse imbarazzato Billi di trovarsi nella camera da letto d'Ismene? Costei vuole sentirsi vicino a Bago, ora soprattutto che nella sua camera da letto c'è Billi.

*

Rombo crescente di un'automobile in arrivo. Scricchiolio della ghiaia sotto le ruote, strappo del freno a mano davanti alla porta d'ingresso.

Lo voce allarmata di Ancilla nel corridoio: 'E' tornato il signore! E' tornato il signore!'

Billi scatta in piedi. E' pallidissimo. Si guarda attorno. Perché è allarmata la voce di Ancilla? Che pericolo costituisce il ritorno del 'signore'?

Un urlo. Urlo profondo. Più potente di quanto la più potente voce umana può dare, ma tutto 'interno'. Urlo 'incarnato' e circoscritto entro un raggio strettissimo. Urlo

but deep down he was pleased that he did not have any new expenditures. Ismene, especially when her husband was home, would spend the day in her room, near Bago. The 'old' armoire had witnessed her birth, safeguarded her clothes as a little girl and then as a young lady, and now it safeguarded her clothes as a woman. She sits next to the partially closed doors, as if to hear the beating of that dark but profoundly good heart. She confides in him. She tells him things she would never tell others and especially Ruti. She tells him about the return of Billi.

Ruti appeared at the door and announced with a gloomy air that he was leaving in the car and would not be back until the next day. Ismene kissed him on the forehead, just like when Ruti was still 'Uncle Rutiliano' and brought her Christmas presents.

*

Now Ismene and Billi are sitting quietly across from each other, as if they have nothing to say. Was Billi perhaps embarrassed to find himself in Ismene's bedroom? She wanted to feel close to Bago, especially now that Billi was in her bedroom.

*

The loud rumble of an automobile arriving. The crunching of the gravel beneath the wheels. The yanking of the hand-brake in front of the main door.

The alarmed voice of Ancilla in the hall. 'The signor has come back! The signor has come back!'

Billi jumps to his feet. He's pale as a sheet. He looks around. Why is Ancilla's voice so alarmed? What is so dangerous about the return of the 'signor'?

A howl. A deep howl. More powerful than the most powerful human voice, but completely 'inside'. A howl that is 'embodied' and circumscribed within a tight radius. A howl for

a uso locale. Urlo 'domestico'. Urlo 'cubicolare'. Urlo 'per pochi intimi'.

Nell'urlo, le porte dell'armadio si sono spalancate. Billi spicca un salto e si tuffa dentro l'armadio, che di colpo richiude i battenti. Billi è saltato volontariamente dentro l'armadio, oppure è stato succhiato dall'armadio? Nel momento in cui i battenti dell'armadio si sono aperti, gli abiti di Ismene sono volati fuori a sciame e ora giacciono sparpagliati per la camera, come un bucato in campagna.

Ruti si affaccia alla porta, più lugubre che mai.

'Gente inqualificabile!' dice Ruti. 'Mi fanno fare centocinquanta chilometri in macchina e non . . . Che disordine è questo? Perchè i tuoi abiti sono sparsi sui mobili, per terra? Con quello che costa oggi un abito!'

Ismene guarda i suoi abiti sparsi per la camera. Ma sono davvero i suoi abiti? Ora tutti i suoi abiti sono bianchi. Ismene guarda il suo abito da sera rovesciato sulla spalliera della poltrona, simile a un nàufrago piatto su uno scoglio. La forma è la medesima, ma il colore non è più rosso ma bianco. Mentre Ismene stupita guarda il suo abito e stenta a riconoscerlo, l'abito comincia a rosseggiare e a poco a poco ritrova il suo colore che la paura gli aveva fatto perdere.

Ismene invece non ritrova il suo colore: la paura la sbianca ancora che Ruti apra l'armadio per riporvi, lui cosí meticoloso, gli abiti sparsi.

Ruti dice: 'L'ordine è la prima qualità di una padrona di casa: ricordatelo.' E se ne va.

Ora anche Ismene comincia a roseggiare in mezzo agli abiti sparsi, che a poco a poco ritrovano il proprio colore: il rosso, il celeste, il verde, l'arancione, il violetto.

local consumption. A 'domestic' howl. A 'cubicular' howl. A howl 'for close friends only'.

In that howl, the doors of the armoire burst open. Billi takes a leap and dives inside the armoire, which suddenly closes its doors. Did Billi jump voluntarily inside the armoire or was he sucked into the armoire? The moment the doors of the armoire opened, all of Ismene's clothes flew out in swarms, and now they were lying scattered all around the room, like laundry day in the countryside.

Ruti appears at the door, gloomier than ever.

'Impossible people,' said Ruti. 'They make me drive one-hundred-and-fifty kilometres and then don't . . . What's this mess? Why are your clothes spread out on the furniture, on the floor? With what a dress costs today!'

Ismene looks at her clothes spread around the room. But are they really her clothes? Now all her clothes are white. Ismene looks at her evening dress draped over the back of the armchair, like a castaway flattened against a cliff. The shape is the same, but the colour is no longer red but white. While Ismene, astonished, looks at her dress and struggles to recognize it, the dress starts to turn red and little by little regains the colour that fear had drained away.

Ismene instead doesn't regain her colour: fear is still blanching her when Ruti opens the armoire to put back, in his very meticulous way, the scattered clothes.

Ruti says, 'Neatness is the first quality of a good lady of the house. Remember that.' And he leaves.

Now Ismene starts to turn pink in the midst of the scattered clothes, which little by little regain their colour: red, light blue, green, orange, violet.

Quando anche Ismene ha ritrovato il proprio colore, essa va ad aprire l'armadio. *L'armadio è vuoto.*

*

Da quel giorno Ismene non si staccò più d'accanto all'armadio. Non toccò cibo e anche le poche ore che dormiva, le dormiva sulla poltrona presso i battenti socchiusi di Bago.

Visse quindici giorni in tutto. Quando le tirarono via la coperta da sopra le gambe, le trovarono un biglietto posato sulle ginocchia. Era scritto con scrittura infantile. 'Anch'io voglio essere chiusa dentro il corpo oscuro e buono di Bago. Gli abiti non siano tolti: sono i miei amici'. In fondo al biglietto c'era un richiamo: 'Bago è il nome dell'armadio della mia camera da letto'.

Rutiliano odiava l'assurdità in tutte le sue forme, ma poiché la consuetudine vuole che le volontà dei morti sieno rispettate anche se assurde, Rutiliano ordinò che fosse fatto com'era scritto nel biglietto.

Ismene fu collocata nell'armadio e l'armadio calato nella fossa: tomba a due ante e troppo grande per quel corpo cosí piccino. Come un padre che si chiude la figlia in petto.

When Ismene has regained her colour, too, she goes to open the armoire. *The armoire is empty.*

*

From that day Ismene stayed right next to the armoire. She refused food and the few hours that she did sleep she slept on the armchair next to Bago's half-closed doors.

She lived for fifteen days in all. When they removed the blanket that had covered her legs, they found a card with childish handwriting resting on her knees. 'I want to be locked inside the dark and good body of Bago too. The clothes mustn't be removed: they are my friends.' At the bottom of the card was a reminder. 'Bago is the name of the armoire in my bedroom.'

Rutiliano hated absurdity in all its forms, but since custom demanded respect for the wishes of the deceased, no matter how absurd, Rutiliano ordered that the arrangements be followed as written on the card.

Ismene was placed inside the armoire and the armoire was lowered into the grave: a tomb with double doors that was too big for such a small body. Like a father folding a daughter against his chest.

LALLA ROMANO

La Signora

La Signora si mise a osservare il Signore seduto di fronte a lei a un tavolino dell'albergo, e dopo un primo esame concluse che il Signore era interessante.

La cosa essenziale, vale a dire le mani, erano perfette. La Signora non prendeva in considerazione uomini che avessero mani rozze e poco curate. Il Signore del tavolo di fronte aveva evidentemente cura delle sue mani. Erano mani magre e nervose, e la curva delle unghie era nobile e priva di impurità. I capelli del Signore, grigi sulle tempie, erano lisci e aderenti alla sua testa rotonda e piuttosto piccola. A ogni nuovo elemento che si veniva ad aggiungere alla sua analisi, l'approvazione saliva nel cuore della Signora, e tutto il suo essere si disponeva felicemente.

Il Signore aveva terminato il pranzo senza sollevare il capo, e la Signora non aveva potuto incontrare i suoi occhi. Il Signore si alzò e lasciò la sala, non solo senza aver guardato la Signora, ma senza aver fatto un cenno di saluto. Alla Signora si fermò in gola per un istante il boccone che aveva appena inghiottito, ma essa si affrettò a pensare che poteva essersi ingannata, e si abbandonò a piacevoli fantasie guardando fuori dalla finestra il pendio del monte, dove piccoli campi di segala parevano rincorrersi sotto l'onda continua del vento.

Fu portato un biglietto per la Signora. La Signora aspettava quel biglietto, perché non aveva veduto Nicola Rossi al suo arrivo con la corriera del mattino. Nicola Rossi si scusava

The Lady

In the hotel dining room, the lady started to observe the gentleman seated at the table across from her, and upon preliminary inspection, surmised that he was interesting.

The essential thing – that is to say, the hands – were perfect. The lady never gave a second thought to men who had rough, neglected hands. The man at the opposite table took excellent care of his hands. They were slender, anxious hands, and the noble curve of the nails was free of impurities. His hair was smooth, grey at the temples, and moulded to his round, rather small head. As the lady factored each new element into her analysis, approval mounted in her heart, and her whole being was poised for happiness.

The gentleman had finished lunch without raising his head, so the lady hadn't been able to catch his eye. He got up and left the room, not only without glancing at the lady, but without even a nod. For a moment the morsel of food that the lady had just swallowed stuck in her throat, but she hastened to think that maybe she'd been mistaken, and then she abandoned herself to pleasant daydreams, looking out the window at the slope of the mountain where small fields of rye seemed to be fleeing below steady gusts of wind.

Someone brought the lady a note. The lady had been waiting for it, because she hadn't seen Nicola Rossi when she'd arrived on the morning coach. Nicola Rossi apologized

di non essere venuto, e pregava la Signora di salire fino al suo albergo. Nicola Rossi era un critico musicale, amico del marito della Signora. Per tutto il pomeriggio Nicola Rossi parlò del suo disturbo intestinale che gli aveva impedito di andare incontro alla Signora. Il suo disturbo intestinale era dovuto all'altitudine, e purtroppo nella farmacia del paese non si trovavano rimedi efficaci. Nicola Rossi non parlò d'altro per tutto il pomeriggio, e alla sera la Signora fu grata al Signore del tavolo di fronte della sua esistenza.

*

Dopo tre giorni la Signora era riuscita soltanto a incrociare due o tre volte lo sguardo con quello del Signore, ma non aveva potuto trattenerlo nemmeno per un momento. Interrogando poi dentro di sé quello sguardo, che le rimaneva impresso nitidamente, la Signora cercava di scoprirvi un po' di calore, un lampo di simpatia o di sensualità, ma non era affatto sicura di trovarcelo.

Qualcosa come un'inquietudine incominciava a insinuarsi nell'animo della Signora. Ma non era ancora disgiunta da una sottile gioia, dovuta in parte proprio alla difficoltà dell'impresa. Senonché la Signora dovette accorgersi che questa speciale gioia o piuttosto piacevole eccitazione andava facendosi meno spontanea, tanto che doveva essere da lei ricercata e provocata; ed era perciò sempre meno viva e persino un po' insincera e finta.

In altri casi una particolare finezza di questa gioia era consistita nel fatto che la Signora la sentiva proprio mentre scambiava occhiate o discorsi più o meno indifferenti col nuovo personaggio in questione. Questa volta invece la cosa più strana era proprio questa, che in presenza del Signore le era impossibile provarla, e intanto si sentiva preda di un inspiegabile imbarazzo, che bisognava risolversi a chiamar

for not being there, and invited the lady to come up to his hotel. Nicola Rossi was a music critic and a friend of the lady's husband. The whole afternoon, Nicola Rossi talked about the stomach ailment that had kept him from coming to meet her. It was the altitude that gave him this trouble, and unfortunately the pharmacy in town didn't carry effective remedies. Nicola Rossi talked about nothing else all afternoon, and in the evening the lady was grateful to the man at the opposite table for being there.

*

After three days, the lady had only managed to make eye contact with the man two or three times, though she hadn't been able to hold his gaze for even an instant. Later, questioning herself about that look, which had made a distinct impression on her, the lady tried to discern some warmth in it, a flash of kindness or sensuality, but she doubted this had been the case.

A certain restlessness began to take root in the lady's spirit. But it was still linked to a subtle joy, owed in part to the sheer difficulty of the undertaking. And yet the lady realized that this particular joy or, rather, pleasant excitement, was growing much less spontaneous, so that she had to seek it out, provoke it; and so the joy was turning less vivid, maybe even a little insincere and false.

On previous occasions, a unique quality of this joy was that the lady felt it precisely when she exchanged more or less neutral glances or words with the new individual in question. This time, though, the strangest thing was that she couldn't feel joy in the gentleman's presence. Meanwhile she fell prey to an inexplicable embarrassment that could only be called shyness. That was the strangest thing. The lady was

timidezza. La Signora era però sicura che avrebbe riacquistato tutta la sua padronanza se avesse potuto parlare.

A questo punto la Signora si trovò a provare molta curiosità di sapere chi fosse il Signore, che specie di professione esercitasse. Le sue mani nervose facevano pensare a un pianista o a un chirurgo.

La Signora si fece dare con un pretesto il registro dell'albergo, ma riuscì soltanto a sapere che il Signore aveva quarant'anni. Nella casella della professione non c'era scritto niente. La Signora fu seccata, per quanto la riguardava, di aver scritto 'scenografa' – la Signora consigliava il marito architetto – e vi sostituì 'pittrice' che le sembrò meno eccentrico. Rammaricò anche di aver indicato esattamente la sua età, ma non osò correggerla. Del resto, in confronto con l'età del Signore, la Signora era ancora assai giovane.

*

La Signora si era appena alzata da tavola e stava guardando, appoggiata alla finestra, i piccoli campi di segala mossi dal vento. La finestra era posta dietro le spalle del Signore, che stava terminando la sua colazione. Ogni tanto la Signora distoglieva gli occhi dal paesaggio e fissava la nuca del Signore. Non era una nuca ostinata e diritta, ma pieghevole come quella di un ragazzo. Non era possibile trovarvi un'espressione crudele.

Il Signore si alzò, e invece di raggiungere la porta come era solito fare, si voltò verso la Signora e senza dire una parola le porse una sigaretta. La Signora ne fu turbata e felice come una adolescente timida, e l'atto del Signore di accostare il cerino alla sua sigaretta le parve un piccolo atto di intimità.

Non vi fu propriamente una conversazione, ma solo qualche frase sull'albergo e sul sito. Ripensandoci, la Signora notò poi che non era mancato uno spunto, e che

certain, however, that she would regain full control once
she could speak.

At this point the lady burned with curiosity to
know who the man was, and what his profession
might be. His anxious hands suggested a pianist, or a
surgeon.

Inventing an excuse, the lady asked to see the hotel
register, but all she learned was that the gentleman was forty
years old. The box for profession was left blank. The lady
was irked that she'd written, on her part, 'set-designer' – she
gave advice to her architect husband – so she now replaced it
with 'painter', which struck her as less odd. She also regretted
having put down her exact age, but she didn't dare correct it.
Besides, compared to the gentleman, the lady was still quite
young.

*

The lady had just stood up from the table and was looking,
leaning against the window, at the small fields of rye rippling
in the wind. The gentleman was finishing his lunch, and the
window was behind his back. Now and then the lady looked
away from the landscape and stared at the gentleman's neck,
which wasn't rigid or straight, but pliant, like a boy's. It was
impossible to detect cruelty in it.

The gentleman stood up and, rather than head for the door
as he usually did, turned towards the lady and, without saying
a word, offered her a cigarette. The lady was both delighted
and disturbed, as if she were a shy teenager, and the way the
gentleman brought the lit match up to her cigarette felt like a
small gesture of intimacy.

It wasn't a real conversation; just a few words about the
hotel, the location. Mulling over it later, the lady noted that a
cue hadn't been lacking, in fact, the gentleman had provided

era stato proprio il Signore a offrirlo; si rammaricò di non averlo saputo cogliere. La Signora ripeteva per la ventesima volta, la sera nel suo letto, la conversazione del mattino, e trovava facilmente infinite maniere per avviare un discorso interessante. Parlando dell'albergatore, il Signore aveva detto che si era sposato proprio in quell'anno, ma soltanto perché gli era morta la madre e gli occorreva una donna per l'albergo; altrimenti sarebbe rimasto scapolo perché aveva la sua stessa idea intorno al matrimonio. Avrebbe potuto farlo parlare su quell'argomento, e così sapere cosa pensava delle donne.

Del resto la Signora sapeva che non soltanto per la sua brevità la conversazione del Signore l'aveva delusa. Sapeva anche che il Signore aveva una bella voce, ma che la sua pronunzia era resa sgradevole da un marcato accento dialettale. Soprattutto sapeva che era troppo tardi. Il momento di accorgersi che si era ingannata, attraverso il quale le era pure occorso altre volte di dover passare, e durante il quale sempre aveva preso rapidamente la sua decisione, si poteva dire che fosse stato oltrepassato senza essere mai stato raggiunto.

La Signora prese l'abitudine di immaginare situazioni favorevoli, che erano sempre dal più al meno avventurose e catastrofiche. Per esempio un incendio di notte nel piccolo albergo, scompiglio, fughe. La Signora si ricordò che immaginazioni simili l'avevano confortata nella sua infanzia, quando voleva farsi notare da una compagna di scuola più anziana, che non si curava di lei. Allora quelle immaginarie disgrazie volevano essere pretesti per salvataggi, azioni eroiche, prove di abnegazione. Adesso servivano invece come occasioni per fughe in pigiama o ancora meno indosso. La Signora finiva con l'addormentarsi su tali fantasie, e i suoi sogni per lo più ne raccoglievano lo spunto e gli davano imprevisti svolgimenti.

Nelle sue passeggiate solitarie – evitava di far visita a

one, and she regretted not having picked up on it. That
evening in bed, for the twentieth time, the lady repeated the
morning's exchange, and with no trouble at all, she found
infinite ways of starting up an interesting conversation. The
gentleman had mentioned that the hotel manager had got
married that very year, but it was only because his mother had
died and he needed a woman in the hotel; otherwise he would
have remained a bachelor, because he and the gentleman had
similar thoughts about marriage. She could have asked him to
elaborate on this topic, thus getting to know what he thought
about women.

On the other hand, the lady knew that it wasn't just the
brevity of the gentleman's conversation that had disappointed
her. She knew he had a lovely voice, but that his pronunciation
was marred, betraying the fact that he spoke dialect. Above
all, she knew it was too late. The moment of realizing that
she'd been deceived, a moment she'd been through on other
occasions – during which she'd always made a quick decision –
was somehow already behind her, without ever having been
reached.

The lady began envisioning favourable scenarios, ranging
from the adventurous to the catastrophic. For example, a fire
at night in the little hotel: mayhem, people scrambling to
escape. She remembered that similar fantasies had consoled
her in childhood, when she wanted to be noticed by an older
classmate who paid her no attention. Back then those imagin-
ary disasters served as pretexts for rescues, heroic actions,
feats of self-sacrifice. Whereas now they served as occasions
for escaping in one's pyjamas, or wearing even less. The lady
ended up falling asleep to these fantasies, and her dreams
almost always picked up the cue, granting it unexpected
developments.

On her solitary walks – she avoided going to see Nicola

Nicola Rossi, sempre costretto a rimanere in albergo dal suo disturbo intestinale – la Signora ripensava lungamente alle avventure frammentarie dei suoi sogni. Questi sogni finivano col creare una specie di complicità di lei col Signore. Però riuscivano solo a intrigarla sempre più, senza infonderle alcuna fiducia, non solo perché essa aveva coscienza della loro natura unilaterale, ma anche perché non erano tali da convincerla, sia pure illusoriamente, di un mutamento del Signore nei suoi riguardi, dato che egli appariva sempre, anche nei sogni, implacabilmente simile a se stesso.

Non mancava in questi sogni un lato più spiritoso – ma tale significato sfuggiva alla Signora – che poteva valere come una specie di inconscia vendetta.

Uno era quello del museo. Da ragazzina la Signora aveva visitato un museo di scultura ed era stata molto colpita da una statua di nudo maschile che non aveva la solita foglia al posto del sesso. Ma il motivo del suo stupore e del leggero disagio che provava non era dovuto al fatto di vedere svelato quello che di solito non era, ma invece al fatto che esso le pareva molto piccolo e tenue in confronto alla statura del personaggio. A quel tempo le sue nozioni in questo campo erano molto approssimative, ed essa non era naturalmente precoce. La cosa l'aveva turbata inconsciamente, sicché aveva finito col dimenticare l'episodio.

Nel sogno la statua le appariva in un giardino di notte, molto folto e oscuro. Era altissima e il capo si perdeva nell'ombra. La Signora riconobbe la statua e tornò a provare quel senso di disagio, che però era molto più forte e angoscioso. Il suo sguardo era corso al punto che l'aveva turbata, ma non v'era traccia di quello che allora vi aveva scorto. Al posto vi era la solita foglia. La Signora sapeva che la statua era il Signore dell'albergo.

Il Signore entrò in modo ancor più palese in un altro

Rossi, who was still stuck in his hotel with stomach troubles –
the lady reflected at length on the fragmented escapades
of her dreams. The dreams ended up creating some sort
of complicity between herself and the gentleman. But
they only managed to intrigue her further, without ever
instilling confidence in her, not only because she was aware
of their one-sided nature, but because they weren't enough
to convince her, even in an illusory way, of a change in the
gentleman's attitude, since he'd always behaved, even in her
dreams, implacably like himself.

These dreams weren't lacking a more playful side – though
what it meant escaped the lady – that may have represented a
sort of unconscious revenge.

One took place in the museum. When she was a little
girl, the lady had visited a sculpture museum and had been
quite taken by a statue of a male nude that didn't have
the customary fig leaf over its sex. But the reason for her
astonishment, and the mild discomfort she felt, wasn't because
she'd seen what was usually hidden, but rather because it
looked so small and slender compared to the figure's stature. At
the time, her knowledge of the subject was rather vague, and
she wasn't precocious by nature. The matter had upset her
unconsciously, and she had ended up forgetting the whole
episode.

In the dream, the statue appeared to her at night, in a
garden that was very dense and dark. It was extremely tall,
and the head was lost in the shadows. The lady recognized the
statue, and once again felt that same discomfort, though it was
much stronger and more distressing. Her gaze hastened to the
place that had upset her, but there was no trace of what she'd
glimpsed back then. There was only the customary fig leaf.
The lady knew it was the man in the hotel.

In another dream, the man turned up in an even more

sogno. L'intero villaggio bruciava, e una folla atterrita
fuggiva per la montagna. La Signora indugiava perché
cercava qualcuno. A questo punto il Signore attraversò
la scena. Attraversava la scena a passi lunghi e lentissimi,
benché corresse. Correva fluidamente, come le figure del
cinematografo viste col rallentatore. La Signora riconobbe
subito le gambe del Signore e non si stupì del loro strano
movimento, perché era solita osservare il Signore quando si
alzava da tavola. Aveva notato che aveva le gambe lunghe e
agili come quelle di un ragazzo, ma che il suo passo era lento
e pieghevole, come se molleggiasse sulle ginocchia. La cosa
imbarazzante era che il Signore indossava una camicia da
notte bianca e svolazzante, di quelle che la Signora non aveva
mai veduto, se non in qualche comica quando era bambina.
Improvvisamente la Signora seppe di essere in un sogno, e
ne approfittò per soddisfare la sua curiosità. Si avvicinò al
Signore e allungò una mano con l'intenzione di sollevare la
camicia fluttuante, ma in quell'atto si svegliò, o per lo meno a
quel punto finiva in lei la memoria del sogno.

*

Ci fu una seconda conversazione. Il Signore disse che
aspettava l'arrivo di un amico per fare la scalata del ghiacciaio.
Anche questa conversazione fu molto breve, però non
terminò come la prima, perché il Signore non se ne andò, ma
accadde un'altra cosa.

Il Signore e la Signora erano seduti di fronte vicino alla
solita finestra. A un tratto, senza nemmeno avere terminata la
sigaretta, il Signore appoggiò la testa allo stipite della finestra
e chiuse gli occhi. La Signora non si sentì offesa, ma provò
uno stringimento al cuore, come una brevissima angoscia.
Guardò la faccia del Signore, nobilmente nervosa anche nel
sonno, ed ebbe voglia di piangere. Allora si voltò verso il

obvious manner. The whole town was on fire, and a terrified
crowd was fleeing to the mountains. The lady tarried because
she was looking for someone. At this point the gentleman
entered the scene. He moved with long, slow strides, even
though he was running. He ran fluidly, like someone filmed
in slow-motion. The lady immediately recognized the
gentleman's legs, and their strange movements didn't surprise
her because she was used to observing the gentleman when
he got up from the table. She'd noticed that he had long, agile
legs, like a boy, but that his stride was slow and pliant, almost
springing at the knees. The embarrassing thing was that the
gentleman was wearing a flowing white nightshirt, the kind
the lady had never seen, other than perhaps in some silent
comedy from her childhood. All of a sudden, the lady knew
she was dreaming, and she took advantage of this to satisfy
her curiosity. She approached the gentleman and extended her
hand, with the intention of lifting up the flowing gown, but
just as she did this she woke up; or at least, that was the part of
the dream she remembered.

*

There was a second conversation. The gentleman said he
was waiting for a friend to arrive, to go up the glacier. This
conversation was also very brief, but it didn't end like the
earlier one, because the gentleman didn't leave. Instead
something else happened.

The lady and the gentleman were seated across from each
other, close to their usual window. All of a sudden, even
before finishing his cigarette, the gentleman leaned his head
against the window jamb and closed his eyes. The lady wasn't
offended, but she felt her heart clench in a brief burst of
anguish. She looked at the gentleman's face, nobly agitated
even in sleep, and felt like crying. Then she turned towards the

monte, dove i soliti campi di segala ondeggiavano sotto il vento come piccoli laghi in tempesta.

Il Signore dormiva veramente, ma si svegliò presto e disse che per dormire bene bisognava andare a distendersi su di un prato al sole. La Signora andò a prendere una vestaglia e a mutar d'abito. Indossò i calzoncini da sole e non dimenticò di provvedersi di un libro; perché, intanto che si affrettava, aveva pensato che non sarebbe accaduto niente.

La Signora si arrampicò su per un sentiero dietro l'albergo, fino a un piccolo prato lambito tutt'intorno dall'ombra di un bosco di faggi. Aprì la vestaglia sull'erba, e si era appena distesa, che il Signore la raggiunse e passò oltre cacciandosi tra i cespugli, forse in cerca di un altro prato più in alto. La Signora fu grata al sole del suo calore.

Passò molto tempo. L'ombra dei faggi raggiunse la Signora che incominciò ad avvertire qualche brivido. Il sole era già triste sui nevai. Si udì rumore di sassi smossi: il Signore scendeva lentamente il sentiero. La Signora guardò il suo torso nudo, un po' gracile e aggraziato. Senza decidere, impulsivamente salutò. Il Signore si fermò e alla Signora parve che guardasse le sue gambe; perché lo vide arrossire leggermente sotto l'abbronzatura. Non provò piacere, ma un pungente senso di vergogna. Si alzò e raccolse la vestaglia.

*

Alla sera il posto di fronte al Signore era occupato. Un grosso uomo vestito di velluto marrone voltava le spalle alla Signora e le impediva di contemplare il suo idolo e di intercettare le sue occhiate distratte. Sopra le spalle massicce dell'uomo la Signora vedeva ora, attraverso la finestra, non più il monte vicino, ma solo una rosea lama di sole che andava spegnendosi sui nevai della valle opposta.

mountain, where the familiar fields of rye rippled in the wind like small lakes in a storm.

The gentleman really was sleeping, but he soon roused himself, and said that in order to sleep well, one needed to go and lie out on a meadow, under the sun. The lady went to change and get a dressing gown. She put on her shorts and didn't forget to bring a book; because she assumed, though she was rushing, that nothing would happen.

The lady climbed up a path behind the hotel, until she reached a small meadow hemmed by the shadow of a beech forest. She opened her dressing gown on the grass, and she had just lain back when the gentleman reached her, then went on ahead, working his way through the bushes, perhaps in search of another meadow higher up. The lady was grateful that the sun was hot.

A good deal of time passed. The shade of the beech trees reached the lady, and she started to shiver. The sun already looked sad above the snowcaps. She heard the sound of shifting stones: the man was slowly coming down the path. The lady looked at his naked torso, on the thin side, graceful. Without thinking, she impulsively said hello. The gentleman stopped, and the lady thought he was looking at her legs, as she saw him blushing discreetly below his tan. She felt no pleasure, just a sharp sense of shame. She stood, and picked up her dressing gown.

*

In the evening the seat across from the gentleman was occupied. A large man dressed in brown corduroy, with his back to the lady, prevented her from gazing at her idol and intercepting his distracted glances. Through the window, above the man's massive shoulders, the lady no longer saw the neighbouring mountain, only a pink blade of sunlight about to be extinguished on the patches of snow on the facing valley.

Dopo il pranzo il nuovo signore si presentò. Era cordiale e aveva grosse mani tozze e bonarie. Era con lui un figlio di diciotto anni. La Signora salì nella sua camera e scelse fra i suoi vestiti uno bianco da sera che dal primo giorno aveva scartato giudicando che non fosse il caso di metterlo in un albergo come quello. Era un vestito che lasciava le spalle scoperte, e si portava con una corta mantellina di velluto rosso. La Signora lo indossò, cambiò l'acconciatura dei capelli che raccolse in cima alla testa con dei pettini, si truccò accuratamente, poi ridiscese nella sala. Nessuno le badò.

La piccola compagnia era raccolta intorno alla radio, dominata da una specie di gigante, un capo operaio della centrale elettrica, che aveva l'incarico di far funzionare l'apparecchio. Il figlio dell'amico incominciò a fissare con insistenza la Signora poi, incoraggiato da un cenno, le domandò se le piaceva la musica da ballo, e la invitò a ballare. Il grosso amico ammiccava ogni tanto verso di loro e il Signore parlava fitto con lui. Negli intervalli delle sue danze la Signora udiva la voce del Signore e lo sgradevole accento dialettale. A un certo punto si accorse che sentiva i discorsi e si mise ad ascoltare.

Il marito della Signora era un intellettuale di sinistra e così Nicola Rossi e così tutti gli amici della Signora. I discorsi del Signore e del suo amico erano quanto si poteva immaginare di più reazionario, specialmente quelli del Signore, mentre l'amico appariva più incerto e soprattutto meno accanito. Anche il capo operaio si introdusse nella conversazione e, con stupore della Signora, proclamò a gran voce le sue opinioni, che erano ancor più retrograde. Siccome era visibilmente in ascolto, la Signora fu interpellata. Essa cercò di rispondere a tono, e provò uno strano piacere al pensiero che nessuno dei suoi amici era testimone della sua abiezione.

In una pausa il Signore si mise a osservare con attenzione

After lunch, the new man introduced himself. He was friendly and had big, stubby, good-natured hands. With him was his eighteen-year-old son. The lady went up to her room and chose, from among her dresses, a white evening gown she'd set aside the first day, deeming it inappropriate for that sort of hotel. It was a dress that exposed her shoulders, to be worn with a short red velvet cape. The lady put it on and changed her hairstyle, gathering it at the top of her head with little combs. She applied her make-up carefully, then went back down to the room. No one paid attention to her.

The small group was gathered around the radio, dominated by a giant man, the chief technician of the power plant, who was in charge of making the device work. The friend's son started staring persistently at the lady, and then, encouraged by a nod, asked if she liked the music and invited her to dance. The large friend winked over at them now and then, and the gentleman was deep in conversation with him. Between dances, the lady could hear the man's voice, and the unpleasant inflection of his dialect. She realized at a certain point that she could hear what they were saying, and she started listening.

The lady's husband was a leftist intellectual, as were Nicola Rossi and all the lady's friends. The conversation the gentleman and his friend were having was unbelievably reactionary, especially on the part of the gentleman, while the friend seemed less convinced and, above all, less rabid. The chief technician also joined the conversation and, to the lady's astonishment, loudly proclaimed his opinions, which were even more backward. Since she was obviously following their conversation, the lady was questioned. She tried to respond in kind, and felt strange pleasure at the thought that none of her friends was there to witness her degradation.

During a pause, the gentleman started to study the lady's

i sandali della Signora, poi li lodò gravemente. La Signora provò un acuto piacere, ma rimase come al solito imbarazzata e osservò a sua volta le scarpe del Signore. Le scarpe del Signore erano meravigliose. Erano di camoscio bianco con volute in rilievo di camoscio marrone. La Signora espresse il suo stupore e la sua ammirazione, e fu così che, per la prima volta, vide il Signore sorridere francamente. A questo punto l'amico disse che se non era lui ad avere le scarpe belle, chi avrebbe potuto averle. Dato che le faceva lui.

Il Signore precisò che lui era tagliatore di tomaie, e diede alla Signora alcuni consigli intorno all'acquisto delle scarpe.

*

Sebbene soffrisse, la Signora non provava, nei riguardi del Signore, alcun sentimento che assomigliasse al dispetto o al rancore. Del resto nemmeno disprezzava se stessa: in verità era talmente occupata dalla sua passione che non aveva il tempo di fermarsi su sentimenti marginali. Sapeva che non sarebbe accaduto nulla, eppure provava una impressione angosciosa, ma non del tutto avvilente, di rischio, come se si trovasse a camminare sull'orlo del vuoto. Aveva tanta chiaroveggenza da avvertire che per la prima volta nella sua vita una cosa terribile sembrava partire da lei stessa, senza avere perciò minor potenza, e anzi una inevitabile fatalità di sconfitta. Era una scoperta, tale che avrebbe mutato e messo in dubbio, per l'avvenire, ogni sua certezza e illusione. La Signora sentiva addirittura un vago senso di rispetto per se stessa, o meglio per quanto vedeva avvenire dentro di sé, perché sapeva che non si trattava di un puntiglio, ma di qualcosa posto al di là della vanità e dell'orgoglio. Pertanto tutte le sue facoltà erano tese in una inutile aspettazione.

La presenza dell'amico non le recava nessun vantaggio. Il figlio le portava dei fiori di ritorno dalle passeggiate, e

sandals, then praised them soberly. The lady felt acute pleasure, but was also embarrassed, as always, and she then observed, in turn, the gentleman's shoes. The gentleman's shoes were marvellous. They were made of white suede, with raised spirals in brown. The lady expressed her amazement and her admiration, and thus, for the first time, she saw the gentleman smile unabashedly. At that point, the friend said that if the gentleman didn't have beautiful shoes, who would? Given that he made them.

The gentleman clarified that he worked in leather, cutting uppers, and gave the lady some advice about buying shoes.

*

Though she suffered, the lady didn't feel anything close to spite or rancour towards the gentleman. And she didn't despise herself either: in truth she was so consumed by passion that she didn't have time to dwell on peripheral feelings. She knew nothing would happen, and yet she experienced the anguished sensation – though not entirely disheartening – of risk, as if she were walking on the edge of an abyss. She had the great clairvoyance to sense that, for the first time in her life, something terrible had been born inside of her, no less strong for that, but destined inevitably to defeat her. So great was her revelation that it would forever alter and undermine her certainty, her every illusion. The lady even felt a vague self-respect, or rather, respect for what she recognized was happening inside her. She knew it wasn't a matter of a stubbornness, but something that went beyond vanity and pride. All her faculties were thus taut, in a state of useless expectation.

The friend's presence was of no use to the lady. The son brought her flowers when he returned from his walks and,

guardandola negli occhi le confidava le sue delusioni intorno
alla leggerezza delle sue compagne di scuola. La Signora lo
trovava noioso, ma in quel momento lo preferiva a Nicola
Rossi e a chiunque altro.

Intanto Nicola Rossi, sempre perseguitato dal suo disturbo
intestinale, si decise a far ritorno in città, e la Signora lo
incaricò di dire al marito che lei si annoiava.

*

Il Signore e l'amico avevano deciso la loro escursione sul
ghiacciaio. Li accompagnava l'albergatore-guida. Il ragazzo
scongiurava la Signora perché andasse con loro. La Signora,
benché non serbasse alcuna illusione di poter dare una
qualsiasi consistenza alla sua avventura, non poteva fare a
meno di vagheggiare intorno a questa gita sul ghiacciaio e
immaginare infinite occasioni. Però non si decise.

La vigilia, nella sala dell'albergo si vedevano
piccozze, corde e ramponi. Dovevano partire prima
dell'alba. Verso le quattro, alla Signora parve di sentire una
macchina. Dopo un'ora, siccome non poteva riprender
sonno, si alzò, pensando che sarebbe andata sulla montagna
da sola. Ma trovò tutti in sala, con le corde e i ramponi.
Nessuno la salutò. La macchina che doveva portarli fino
alla funivia non era venuta, e adesso aspettavano il camion
del latte.

L'albergatore sorvegliava la strada e dopo una mezz'ora
chiamò. Il camion del latte era enorme, senza sponde, e già
gremito di gente sopra i bidoni. La Signora ebbe un moto
di consentimento quando la guida la chiamò, e fu così che si
lasciò issare sul camion.

Era molto difficile tenersi in equilibrio sul camion: la
strada saliva a svolte, e nelle curve il camion sbandava.
I paesani con le ceste erano inchiodati sul camion,

looking deep into her eyes, confided his disappointment in the immaturity of his classmates. The lady thought he was boring, but in those moments preferred him to Nicola Rossi and to anyone else.

Nicola Rossi, meanwhile, still felled by his stomach troubles, decided to go back to the city, and the lady told him to tell her husband that she was bored.

*

The gentleman and his friend had organized their trip to the glacier. The hotel manager, also a guide, was accompanying them. The boy pleaded with the lady to join them. The lady harboured no illusions of lending the least bit of substance to their adventure, but she couldn't help but daydream about this trip to the glacier and imagine endless scenarios. But she didn't make up her mind.

The night before, in the hotel lobby, she saw ice axes, ropes, crampons. They needed to leave before dawn. Around four o'clock in the morning, the lady thought she heard a car. After an hour, since she couldn't get back to sleep, she got out of bed, thinking she'd go up the mountain on her own. But she found everyone in the lobby, with the ropes and crampons. No one said hello. The car that was supposed to take them up to the cable car hadn't come, and now they were waiting for the milk truck.

The hotel manager surveyed the street and called them after half an hour. The milk truck was enormous, without side rails, and was already crammed with people sitting on milk canisters. The lady nodded yes when the guide called her, and this was how she let herself be hoisted on to the truck.

Keeping balance on the truck was extremely difficult: the road snaked uphill, and as the truck rounded each turn, it would veer to one side. The villagers, with their baskets, were anchored

ma i signori, compresa la guida, erano un grappolo
pericolante, e si aggrappavano alle spalle delle vecchie,
che sembravano di pietra. La Signora era la più sicura,
seduta sopra una cesta in mezzo a due bidoni, e stava
già dimenticando un poco se stessa e il suo male, intenta
ad afferrare, a ogni svolta, le apparizioni di un monte
altissimo e bianco, continuamente ringoiato dal buio delle
pinete. Ma si accorse che il Signore era vicino a lei, in
attitudine disagiata, perché stava con una mano cercando
un appiglio. Fu svelta ad afferrargli la mano. Gli lanciò
un'occhiata e vide nel vento che lui con qualche imbarazzo
ringraziava.

La Signora provò subito, al contatto della mano, un
profondo piacere. La mano era liscia, asciutta e calda, e
stringeva la sua quel tanto che occorreva per sostenersi, non
di più. La Signora sapeva che non le poteva giungere nulla,
ma non provava la solita umiliazione, bensì un tranquillo
senso di possesso.

Quella specie di stretta senza toccar terra, in mezzo
al turbine delle svolte e degli scossoni, e allo srotolarsi
degli scenari spettrali delle montagne, assomigliava di più
all'intimità ingannevole degli incontri sul terreno dei sogni
che a un contatto reale, ma sebbene avesse di quelli la
precarietà e soprattutto il senso di solitudine, il calore che
gliene veniva era vero e confortante, quasi familiare.

Quando si trattò di discendere, le parve che il Signore
si affrettasse a staccare la sua mano. Comunque non
si occupò più di lui. Una macchina la riaccompagnò
all'albergo, dove trovò un telegramma del marito. Fece
appena in tempo a preparare le valigie, e partì con la
corriera del pomeriggio.

to the vehicle, but the gentlemen, including the guide, were an endangered bunch, and they clutched the shoulders of older women who seemed to be made of stone. The lady, seated on a basket between two canisters, was the most stable, and she was already starting to forget about herself and about her affliction. She was intent on drinking in, at every turn, apparitions of the tall white mountain, continually swallowed up by the dark pine forests. But she was aware that the gentleman was close to her, looking uncomfortable, because he was searching with one hand for something to hold on to. She was quick to grab the hand. She glanced at him and saw, through the wind, that he, a bit embarrassed, was thanking her.

As soon as she made contact with his hand, the lady experienced intense pleasure. The hand was smooth, dry and warm, and it clasped her own only as a means of support, that was all. The lady knew he could give her nothing more. But rather than feeling the usual humiliation, she felt a calm sense of possession.

That clasp, untethered from the ground, in the middle of the whirlwind of jolts, sharp turns and the ghostly backdrop of the unfurling mountains, was closer to the deceptive intimacy of their encounters in her dreams, as opposed to real contact. But even though, as in those dreams, it contained a precariousness and, above all, a sense of solitude, the warmth it gave off was real and comforting, almost familiar.

When it was time to step down from the truck, she sensed that the gentleman hurried to pull back his hand. She had already dismissed him, in any case. A car accompanied her back to the hotel, where she found a telegram from her husband. She had just enough time to pack her bags, and left on the afternoon coach.

NATALIA GINZBURG

Mio marito

Uxori vir debitum reddat: similiter autem et uxor
viro.

SAN PAOLO, I *Cor.* 7.3

Quando io mi sposai avevo venticinque anni. Avevo
lungamente desiderato di sposarmi e avevo spesso pensato,
con un senso di avvilita malinconia, che non ne avevo molte
probabilità. Orfana di padre e di madre, abitavo con una zia
anziana e con mia sorella in provincia. La nostra esistenza era
monotona e all'infuori del tener pulita la casa e del ricamare
certe grandi tovaglie, di cui non sapevamo poi cosa fare,
non avevamo occupazioni precise. Ci venivano anche a far
visita delle signore, con le quali parlavamo a lungo di quelle
tovaglie.

L'uomo che mi volle sposare venne da noi per caso. Era
sua intenzione comprare un podere che mia zia possedeva.
Non so come aveva saputo di questo podere. Era medico
condotto di un piccolo paese, in campagna. Ma era
abbastanza ricco del suo. Arrivò in automobile, e siccome
pioveva, mia zia gli disse di fermarsi a pranzo. Venne alcune
altre volte, e alla fine mi domandò in moglie. Gli fu fatto
osservare che io non ero ricca. Ma disse che questo non aveva
importanza per lui.

Mio marito aveva trentasette anni. Era alto, abbastanza

My Husband

Let every man give his wife what is her due: and every
woman do the same by her husband.

I Corinthians 7:3

I was twenty-five years old when I got married. I had always
wanted to get married but had often thought, with a sort
of gloomy resignation, that there was not much prospect
of it happening. I was orphaned as a child and lived with
an elderly aunt and my sister in the country. Our existence
was monotonous; besides keeping the house clean and
embroidering large tablecloths, which we didn't know what to
do with once they were finished, we didn't have much to keep
us occupied. Ladies would come to visit us sometimes and we
would all talk all day about those tablecloths.

The man who wanted to marry me came to our house by
chance. He had come to buy a farm which my aunt owned.
I don't know how he came to know about this farm. He was
just a local district doctor for a little village out in the country,
but he was fairly well off as he had private means. He came
in his car, and as it was raining, my aunt told him to stay for
lunch. He came a few more times and in the end asked me to
marry him. It was pointed out to him that I was not rich, but
he said this did not matter.

My husband was thirty-seven years old. He was tall and

elegante, coi capelli un poco brizzolati e gli occhiali d'oro. Aveva un fare serio, contenuto e rapido, nel quale si riconosceva l'uomo avvezzo a ordinare delle cure ai pazienti. Era straordinariamente sicuro di sé. Gli piaceva piantarsi in una stanza in piedi, con la mano sotto il bavero della giacca, e scrutare in silenzio.

Quando lo sposai non avevo scambiato con lui che ben poche parole. Egli non mi aveva baciata, né mi aveva portato dei fiori, né aveva fatto nulla di quello che un fidanzato usa fare. Io sapevo soltanto che abitava in campagna, in una casa grande e molto vecchia, circondata da un ampio giardino, con un servo giovane e rozzo e una serva attempata di nome Felicetta. Se qualcosa l'avesse interessato o colpito nella mia persona, se fosse stato colto da un amore subitaneo per me, o se avesse voluto semplicemente sposarsi, non sapevo. Dopo che ci fummo congedati dalla zia, egli mi fece salire nella sua macchina, chiazzata di fango, e si mise a guidare. La strada uguale, costeggiata di alberi, ci avrebbe portati a casa. Allora lo guardai. Lo guardai a lungo e curiosamente, forse con una certa insolenza, con gli occhi ben aperti sotto il mio cappello di feltro. Si volse verso di me e mi sorrise, e strinse la mia mano nuda e fredda. – Occorrerà conoscersi un poco, – egli disse.

Passammo la nostra prima notte coniugale in un albergo di un paese non molto lontano dal nostro. Avremmo proseguito l'indomani mattina. Salii in camera mentre mio marito provvedeva per la benzina. Mi tolsi il cappello e mi osservai nel grande specchio che mi rifletteva tutta. Sapevo di non essere bella, ma avevo un viso acceso e animato, e il mio corpo era alto e piacevole, nel nuovo abito grigio di taglio maschile. Mi sentivo pronta ad amare quell'uomo, se egli mi avesse aiutato. Doveva aiutarmi. Dovevo costringerlo a questo.

L'indomani quando ripartimmo non c'era ancora

quite smart, his hair was going a little grey, and he wore gold-rimmed glasses. He had a stern, reserved and efficient manner; one could recognize in him a man accustomed to prescribing treatments for his patients. He was incredibly self-assured. He liked to stand motionless in a room, his hand resting underneath his jacket collar, silently surveying everything around him.

I had barely spoken to him at all when we got married. He had never kissed me or brought me flowers; indeed he had done none of the things which fiancés usually do. All I knew was that he lived in the country with a rough young male servant and an elderly female one called Felicetta in a very old big house surrounded by a large garden. Whether something in my personality had attracted or interested him or whether he had suddenly fallen in love with me, I had no idea. After we had taken leave of my aunt, he helped me into his car, which was covered in mud, and started to drive. The level road, flanked by trees, would take us to our home. I took the opportunity to study him. I looked at him for a long time with some curiosity, and perhaps even a certain impertinence, my eyes wide open underneath my felt hat. Then he turned towards me and smiled. He squeezed my bare, cold hand and said, 'We'll have to get to know each other a little.'

We spent our first wedding night in a hotel in a village not very far from our own. We were to continue on the following morning. I went up to the room while my husband took care of the petrol. I took off my hat and looked at myself in the big mirror which reflected everything. I was not beautiful – I knew that – but I did have a bright, lively expression and a tall, pleasant figure in my tailored dress. I felt ready to love that man, if he would only help me. He had to help me. I had to make him do this.

Yet when we left the next day nothing had changed at all.

mutamento alcuno. Non avevamo scambiato che poche parole, e nessuna luce era sorta fra noi. Avevo sempre pensato, nella mia adolescenza, che un atto come quello che avevamo compiuto dovesse trasformare due persone, allontanarle o avvincerle per sempre l'una all'altra. Sapevo ora che poteva anche non esser cosí. Mi strinsi infreddolita nel soprabito. Non ero un'altra persona.

Arrivammo a casa a mezzogiorno, e Felicetta ci aspettava al cancello. Era una donnettina gobba e canuta, con modi furbi e servili. La casa, il giardino e Felicetta erano come avevo immaginato. Ma nella casa non c'era niente di tetro, come c'è spesso nelle case vecchie. Era spaziosa e chiara, con tende bianche e poltrone di paglia. Sui muri e lungo la cancellata si arrampicava l'edera e delle piante di rose.

Quando Felicetta mi ebbe consegnato le chiavi, sgattaiolando dietro a me per le stanze e mostrando ogni cosa, mi sentii lieta e pronta a dar prova a mio marito e a tutti della mia competenza. Non ero una donna istruita, non ero forse molto intelligente, ma sapevo dirigere bene una casa, con ordine e con metodo. La zia m'aveva insegnato. Mi sarei messa d'impegno al mio compito, e mio marito avrebbe veduto quello che sapevo fare.

Cosí ebbe inizio la mia nuova esistenza. Mio marito era fuori tutto il giorno. Io mi affaccendavo per la casa, sorvegliavo il pranzo, facevo i dolci e preparavo le marmellate, e mi piaceva anche lavorare nell'orto in compagnia del servo. Bisticciavo con Felicetta, ma col servo andavo d'accordo. Quando ammiccava gettando il ciuffo all'indietro, c'era qualcosa nella sua sana faccia che mi dava allegria. Passeggiavo a lungo per il paese e discorrevo coi contadini. Li interrogavo, e loro m'interrogavano. Ma quando rientravo la sera, e sedevo accanto alla stufa di maiolica, mi sentivo sola, provavo nostalgia della zia

We barely said a word to each other, and nothing happened to suggest there was any kind of understanding between us. As a young girl, I had always thought that an event of the kind we had experienced would transform two people, bring them closer or drive them apart forever. I now knew it was possible for neither of these things to happen. I huddled up, chilled inside my overcoat. I had not become a new person.

We arrived home at midday, and Felicetta was waiting for us at the gate. She was a little hunched woman with grey hair and sly, servile ways. The house, the garden, and Felicetta were just as I had imagined them. In the house nothing looked gloomy, as is often the way in old houses. It was roomy and light, with white curtains and cane chairs. Ivy and rose plants climbed on the walls and all along the fence.

Once Felicetta had given me the keys, stealing round the rooms behind me to show me every minute detail, I felt happy and ready to prove to my husband and everybody else that I was competent. I was not an educated woman and perhaps I was not very intelligent, but I did know how to keep a well-organized and orderly house. My aunt had taught me. I would apply myself diligently to this task and, in so doing, show my husband what I was really capable of.

That was how my new life started. My husband would spend the whole day away while I busied myself around the house, took care of lunch, made desserts and prepared jams; I also liked working in the vegetable garden with the male servant. Though I squabbled with Felicetta, I got on well with the male servant. When he tossed his hair back and winked at me, there was something in his wholesome face which made me smile. Sometimes I would go for long walks in the village and talk to the peasants. I asked them questions, and they asked me questions too. But when I came home in the evenings and sat down next to the majolica stove, I felt lonely; I missed my aunt

e di mia sorella, e avrei voluto essere di nuovo con loro. Ripensavo al tempo in cui mi spogliavo con mia sorella nella nostra camera, ai nostri letti di ferro, al balcone che dava sulla strada ed al quale stavamo tranquillamente affacciate nei giorni di domenica. Una sera mi venne da piangere. All'improvviso mio marito entrò. Era pallido e molto stanco. Vide i miei capelli scomposti, le mie guance bagnate di lagrime. – Che c'è? – mi disse. Tacqui, chinando il capo. Sedette accanto a me carezzandomi un poco. – Triste? – mi chiese. Feci segno di sí. Allora egli mi strinse contro la sua spalla. Poi a un tratto si alzò e andò a chiudere a chiave la porta. – Da molto tempo volevo parlarti, – disse. – Mi riesce difficile, e perciò non l'ho fatto finora. Ogni giorno pensavo 'sarà oggi', e ogni giorno rimandavo, mi pareva di non poter trovare le parole, avevo paura di te. Una donna che si sposa ha paura dell'uomo, ma non sa che l'uomo ha paura a sua volta, non sa fino a che punto anche l'uomo ha paura. Ci sono molte cose di cui ti voglio parlare. Se sarà possibile parlarsi, e conoscersi a poco a poco, allora forse ci vorremo bene, e la malinconia passerà. Quando ti ho veduta per la prima volta, ho pensato: 'Questa donna mi piace, voglio amarla, voglio che mi ami e mi aiuti, e voglio essere felice con lei.' Forse ti sembra strano che io abbia bisogno d'aiuto, ma pure è cosí –. Sgualciva con le dita le pieghe della mia sottana. – C'è qui nel paese una donna che ho amato molto. È sciocco dire una donna, non si tratta di una donna ma di una bambina, di una sudicia bestiolina. È la figlia di un contadino di qui. Due anni fa la curai d'una pleurite grave. Aveva allora quindici anni. I suoi sono poveri, ma piú ancora che poveri, avari, hanno una dozzina di figli e non volevano saperne di comprarle le medicine. Provvidi per le medicine, e quando fu guarita, la cercavo nei boschi dove andava a far legna e le davo un

and sister and wanted to be back with them again. I thought
about the time when my sister and I would get ready for bed; I
remembered our bedsteads, and the balcony looking over the
road where we would sit and relax on Sundays. One evening
I started crying. All of a sudden my husband came in. He was
pale and very tired. When he saw my dishevelled hair and tear-
stained cheeks, he said to me, 'What's the matter?' I stayed silent,
my head lowered. He sat next to me and caressed me a little.
'Are you sad?' he asked. I nodded. He pressed me to his shoulder.
Then all of a sudden he got up and went to lock the door. 'I've
been wanting to talk to you for a while,' he said. 'I find it difficult,
that's why it's taken me so long. Every day I've thought, 'Today
will be the day,' and every day I've put it off; it was as if I was
tongue-tied, I was scared of you. A woman who gets married is
scared of her man, but she doesn't realize how much a man is
also scared of a woman; she has no idea how much. There are
lots of things I want to talk to you about. If we can talk to each
other, get to know each other bit by bit, then perhaps we can
love each other, and we'll no longer feel sad. When I saw you
for the first time, I thought, 'I like this woman, I want to love
her, I want her to love me and help me, and I want to be happy
with her.' Perhaps it seems strange to you that I should need
help, but that's the way it is.' He crumpled the pleats of my skirt
in his fingers. 'There is a woman in this village whom I have
loved very much. It's ridiculous to call her a woman; she's not
a woman, she's just a child, nothing but a scruffy little animal.
She's the daughter of a local peasant. Two years ago I cured her
of a bad bout of pleurisy. She was fifteen at the time. Her family
is poor; not just poor but mean too; they have a dozen children
and wouldn't dream of buying medicine for her. So I paid for the
medicine, and after she got better, I would go and look for her
in the woods where she would go to gather wood and I would
give her a little money, so that she could buy herself something

po' di denaro, perché si comperasse da mangiare. A casa
sua non aveva che del pane e delle patate col sale; del resto
non ci vedeva niente di strano: cosí si nutrivano i suoi
fratelli e cosí si nutrivano il padre e la madre, e gran parte
dei loro vicini. Se avessi dato del denaro alla madre, si
sarebbe affrettata a nasconderlo nel materasso e non avrebbe
comprato nulla. Ma vidi poi che la ragazza si vergognava
di entrare a comprare, temendo che la cosa fosse risaputa
dalla madre, e che anche lei aveva la tentazione di cucire il
denaro nel materasso come sempre aveva visto fare a sua
madre, sebbene io le dicessi che se non si nutriva, poteva
ammalarsi di nuovo e morire. Allora le portai ogni giorno
del cibo. Sul principio aveva vergogna di mangiare davanti a
me, ma poi s'era avvezzata e mangiava mangiava, e quando
era sazia si stendeva al sole, e passavamo delle ore cosí, lei
e io. Mi piaceva straordinariamente vederla mangiare, era
quello il momento migliore della mia giornata, e quando mi
trovavo solo, pensavo a quello che aveva mangiato e a quello
che le avrei portato l'indomani. E cosí presi a far l'amore
con lei. Ogni volta che mi era possibile salivo nei boschi,
l'aspettavo e veniva, e io non sapevo neppure perché veniva,
se per sfamarsi o per fare all'amore, o per timore che io
m'inquietassi con lei. Ma io come l'aspettavo! Quando a un
sentimento si unisce la pietà e il rimorso, ti rende schiavo,
non ti dà piú pace. Mi svegliavo la notte e pensavo a quello
che sarebbe avvenuto se l'avessi resa incinta e avessi dovuto
sposarla, e l'idea di dividere l'esistenza con lei mi riempiva
d'orrore, ma nello stesso tempo soffrivo a immaginarla
sposata ad un altro, nella casa di un altro, e l'amore che
provavo per lei mi era insopportabile, mi toglieva ogni forza.
Nel vederti ho pensato che unendomi a te mi sarei liberato
di lei, l'avrei forse dimenticata, perché non volevo lei, non
volevo Mariuccia, era una donna come te che io volevo, una

to eat. At home she had nothing but bread and salted potatoes;
she didn't see anything unusual in this – her brothers and sisters,
her mother and father, and most of their neighbours all lived
like this. If I'd given her mother money, she would have quickly
hidden it away in her mattress and wouldn't have bought a thing.
But I soon saw that the girl was ashamed of buying things,
afraid that her mother would find out what was happening, and
I realized that she too was tempted to hide the money away in
her mattress as she had always seen her mother do, even though
I told her that if she did not eat properly, she could get ill again
and die. 'I started taking food to her myself every day. To begin
with she was ashamed to eat in front of me, but she soon got
used to it and she would eat and eat, and when she was full she
would stretch out in the sun, and we would spend hours like
that, just the two of us. I got an extraordinary pleasure from
watching her eat – it was what I most looked forward to during
my day – and later when I was alone, I would think about what
she had eaten and what I would bring her the next day. It was like
this that I started making love to her. Whenever I could I would
go to the woods and wait for her, and she would come; I didn't
even know why she came, whether it was to eat or to make love,
or out of fear that I would get angry with her. Oh how I waited
for her! When passion is penetrated by pity and remorse you're
done for; it becomes an obsession. I would wake up at night and
think about what would happen if I made her pregnant and had
to marry her, and the idea of having to share the rest of my life
with her filled me with horror. Yet at the same time I couldn't
bear to imagine her married to another person, in somebody
else's house, and the love that I felt for her was unbearable, it
took all my strength away. When I saw you I thought that by
tying myself to you I would be freeing myself from her, maybe
I would forget her because I didn't want her. I didn't want
Mariuccia; it was a woman like you that I wanted, a woman like

donna simile a me, adulta e cosciente. C'era qualcosa in te che mi diceva che mi avresti forse perdonato, che avresti acconsentito ad aiutarmi, e cosí mi pareva che se agivo male con te, non aveva importanza, perché avremmo imparato ad amarci, e tutto questo sarebbe scomparso –. Dissi: – Ma potrà scomparire? – Non so, – egli disse, – non so. Da quando ti ho sposato non penso piú a lei come prima, e se la incontro la saluto calmo, e lei ride e si fa tutta rossa, e io mi dico allora che fra alcuni anni la vedrò sposata a qualche contadino, carica di figli e disfatta dalla fatica. Pure qualcosa si sconvolge in me se la incontro, e vorrei seguirla nei boschi e sentirla ridere e parlare in dialetto, e guardarla mentre raccoglie le frasche per il fuoco. – Vorrei conoscerla, – dissi, – me la devi mostrare. Domani usciremo a passeggio e me la mostrerai quando passa –. Era il mio primo atto di volontà, e mi diede un senso di piacere. – Non mi serbi rancore? – egli mi chiese. Scossi il capo. Non provavo rancore: non sapevo io stessa quello che provavo, mi sentivo triste e contenta nel medesimo tempo. S'era fatto tardi, e quando andammo a cena, trovammo tutto freddo: ma non avevamo voglia di mangiare. Scendemmo in giardino, e passeggiammo a lungo per il prato buio. Egli mi teneva il braccio e mi diceva: – Sapevo che avresti capito –. Si svegliò piú volte nella notte, e ripeteva stringendomi a sé: – Come hai capito tutto!

Quando vidi Mariuccia per la prima volta, tornava dalla fontana, reggendo la conca dell'acqua. Portava un abito azzurro sbiadito e delle calze nere, e trascinava ai piedi un paio di grosse scarpe da uomo. Il rossore si sparse sul suo viso bruno, al vedermi, e rovesciò un po' d'acqua sulle scale di casa, mentre si voltava a guardare. Questo incontro mi diede un'emozione cosí forte, che chiesi a mio marito di fermarci, e sedemmo sulla panca di pietra davanti alla

me, who was mature and responsible. I could see something in you that made me think you might forgive me, that you would agree to help me, and so it seemed to me that if I behaved badly with you, it wouldn't matter, because we would learn to love each other, and all this would go away.' 'But how will it go away?' I said. 'I don't know,' he said, 'I don't know. Since we got married I don't think of her any more in the way I did before, and if I see her I say hello calmly, and she laughs and goes all red, and so I tell myself that in a few years I'll see her married to some peasant, weighed down with children and disfigured by hard work. But then something stirs inside me when I meet her, and I want to follow her to the woods again and hear her laugh and speak in her dialect, and watch her while she collects branches for the fire.' 'I want to meet her,' I said. 'You must show her to me. Tomorrow we'll go for a walk and you can show her to me when she goes by.' It was my first decisive act and it gave me a sense of satisfaction. 'But don't you feel bitter towards me?' he asked. I shook my head. I didn't feel bitter. I didn't know what I felt. I was happy and sad at the same time. It was late, and when we went to have dinner we found all the food was cold: but we didn't feel like eating anyway. We went down to the garden. It was dark and we walked for a long time on the grass. He took my arm and said, 'I knew you would understand.' He woke several times during the night and pulled me close, repeating, 'You've understood everything!'

When I saw Mariuccia for the first time she was coming back from the fountain, carrying a bucket of water. She was wearing a faded blue dress and black socks and she was stumbling along with a huge pair of men's shoes on her feet. When she saw me red blushes appeared on her dark face, and she spilled a little water on the steps of the house as she turned to look at me. I was so overwhelmed by this meeting that I asked my husband if we could stop, and we sat down

chiesa. Ma in quel momento vennero a chiamarlo e io rimasi
sola. E mi prese un profondo sconforto, al pensiero che
forse ogni giorno avrei veduto Mariuccia, che mai piú avrei
potuto camminare spensieratamente per quelle strade. Avevo
creduto che il paese dove ero venuta a vivere mi sarebbe
divenuto caro, che mi sarebbe appartenuto in ogni sua parte,
ma ora questo mi era negato per sempre. E difatti ogni volta
che uscivo m'incontravo con lei, la vedevo risciacquare i
panni alla fontana o reggere le conche o portare in braccio
uno dei suoi fratellini sporchi, e un giorno sua madre,
una contadina grassa, m'invitò a entrare nella loro cucina,
mentre Mariuccia stava là sulla porta con le mani sotto il
grembiule, gettandomi ogni tanto uno sguardo curioso e
malizioso, e alfine scappò via. Rientrando io dicevo a mio
marito: – Oggi ho visto Mariuccia, – ma egli non rispondeva
e distoglieva gli occhi, finché un giorno mi disse irritato: –
Che importa se l'hai vista? È una storia passata, non occorre
parlarne piú.

Finii col non allontanarmi piú dal giardino. Ero incinta, e
mi ero fatta grossa e pesante. Sedevo nel giardino a cucire,
tutto intorno a me era tranquillo, le piante frusciavano e
diffondevano ombra, il servo zappava nell'orto e Felicetta
andava e veniva per la cucina lucidando il rame. Pensavo
qualche volta al bambino che doveva nascere, con meraviglia.
Egli apparteneva a due persone che non avevano nulla
di comune fra loro, che non avevano nulla da dirsi, che
sedevano a lungo l'una accanto all'altra in silenzio. Dopo
quella sera in cui mio marito mi aveva parlato di Mariuccia,
non aveva piú cercato di avvicinarsi a me, si era richiuso nel
silenzio, e a volte quando io gli parlavo levava su di me uno
sguardo vuoto, offeso, come se io l'avessi distolto da qualche
riflessione grave con le mie incaute parole. E allora io mi
dicevo che occorreva che i nostri rapporti mutassero prima

on the stone bench in front of the church. However, just at
that moment he was called away and I was left there alone. A
deep discomfort came over me at the thought that perhaps I
would see Mariuccia every day and that I would never be able
to walk around those roads freely again. I had believed that
the village where I had come to live would become dear to
me, that I would belong in every part of it; now it seemed this
had been taken away from me forever. And it was true. Every
time I went out I would see her, either rinsing her laundry at
the fountain or carrying buckets or holding one of her grubby
little siblings in her arms. One day her mother, a fat peasant,
invited me into their kitchen; Mariuccia stood by the door
with her hands tucked into her apron; she gave me the odd sly
and inquisitive look and then disappeared. When I got home I
would say to my husband, 'I saw Mariuccia today.' He would
ignore me and look the other way until one day he said to me
in an irritated voice, 'So what if you saw her? It's all in the past,
there's no reason to discuss it any more.'

In the end, I stopped venturing beyond the confines of our
garden. I was pregnant, and I had become big and heavy. I sat
in the garden sewing, and everything around me was calm; the
plants were rustling and giving out shadows, the male servant
hoed the vegetable garden, and Felicetta went back and forth in
the kitchen polishing the copper. Sometimes I would think with
amazement about the child that would be born. He belonged to
two people who had nothing in common, who had nothing to
say to each other and who sat beside each other for long periods
of time in silence. Since that evening when my husband had
spoken about Mariuccia he had stopped trying to come near me
and had shut himself off in silence; sometimes when I spoke
to him he would look at me in an empty, almost offended kind
of way, as if I had disturbed him from some important thought
with my ill-chosen words. Then I would tell myself that our

della venuta del bambino. Perché cosa avrebbe pensato il bambino di noi? Ma poi mi veniva quasi da ridere: come se un bambino piccolo avesse potuto pensare.

Il bambino nacque d'agosto. Arrivarono mia sorella e la zia, venne organizzata una festa per il battesimo, e vi fu un grande andirivieni in casa. Il bambino dormiva nella sua culla accanto al mio letto. Giaceva rosso, coi pugni chiusi, con un ciuffo scuro di capelli che spuntava sotto la cuffia. Mio marito veniva continuamente a vederlo, era allegro e rideva, e parlava a tutti di lui. Un pomeriggio ci trovammo soli. Io m'ero abbandonata sul cuscino, fiacca e indebolita dal caldo. Egli guardava il bambino, sorrideva toccandogli i capelli e i nastri. – Non sapevo che ti piacessero i bambini, – dissi ad un tratto. Sussultò e si rivolse. – Non mi piacciono i bambini, – rispose, – mi piace solo questo, perché è nostro. – Nostro? – gli dissi – ha importanza per te che sia *nostro*, cioè mio e tuo? Rappresento qualcosa io per te? – Sí, – egli disse come soprapensiero, e si venne a sedere sul mio letto. – Quando ritorno a casa, e penso che ti troverò, ne ho un senso di piacere e di calore. – E poi? – domandai quietamente, fissandolo. – Poi, quando sono davanti a te, e vorrei raccontarti quello che ho fatto nella giornata, quello che ho pensato, mi riesce impossibile, non so perché. O forse so il perché. È perché c'è qualcosa nella mia giornata, nei miei pensieri, che io ti devo nascondere, e cosí non posso piú dirti nulla. – Che cosa? – Questo, – egli disse, – che di nuovo m'incontro con Mariuccia nel bosco. – Lo sapevo, – io gli dissi, – lo sentivo da molto tempo –. Si chinò su di me baciando le mie braccia nude. – Aiutami, te ne prego, – diceva, – come faccio se tu non mi aiuti? – Ma che cosa posso fare per aiutarti? – gridai, respingendolo e scoppiando a piangere. Allora mio marito andò a prendere Giorgio, lo baciò e me lo porse, e mi disse: – Vedrai che ora tutto ci sarà piú facile.

relationship needed to change before the arrival of our baby. Otherwise what would the child think of us? But then I would be moved to laughter: as if a little baby would be able to think.

The child was born in August. My sister and aunt came to stay, a party was organized for the christening, and there was a great deal of coming and going in the house. The child slept in his crib next to my bed. He looked quite red, with his fists closed and a patch of dark hair sticking out under his cap. My husband came to see him all the time; he was cheerful and smiling, and spoke about the child to everybody. One afternoon we found ourselves alone. I had lain down on the pillow, wearied and weakened by the heat. He looked at the child and smiled, stroking his hair and ribbons. 'I didn't know that you liked children,' I said all of a sudden. He gave a start and he turned to me. 'I don't like children,' he replied, 'but I like this one, because he is ours.' 'Ours?' I said to him. 'He's important to you because he is ours, you mean yours and mine? Do I mean something to you then?' 'Yes,' he said as if lost in thought, and he came to sit on my bed. 'When I come home and know that I will find you here, it gives me a feeling of pleasure and warmth.' 'Then what happens?' I asked quietly, looking him in the eye. 'Then, when I'm in front of you, and I want to tell you about what I have done during the day, what I have thought, and I just can't do it, I don't know why. Or maybe I do know why. It's because there is something in my day, in my thoughts, that I have to hide from you, and so I can't talk to you any more.' 'What is it?' 'It's this,' he said, 'I've been meeting with Mariuccia in the woods again.' 'I knew it,' I said. 'I've known for a long time.' He knelt down in front of me and kissed my bare arms. 'Help me, I'm begging you,' he said. 'What am I going to do if you won't help me?' 'But how can I possibly help you?' I screamed, pushing him away, and burst into tears. Then my husband picked up Giorgio, kissed him, gave him to me and said, 'Everything will be easier now, you'll see.'

Poiché io non avevo latte, venne fatta arrivare una balia da un paese vicino. E la nostra esistenza riprese il suo corso, mia sorella e la zia ripartirono, io mi alzai e scesi in giardino, ritrovando a poco a poco le mie abitudini. Ma la casa era trasformata dalla presenza del bambino, in giardino e sulle terrazze erano appesi i pannolini bianchi, la gonna di velluto della balia frusciava nei corridoi, e le stanze risuonavano delle sue canzoni. Era una donna non piú molto giovane, grassa e vanitosa, che amava molto parlare delle case nobili dov'era stata. Occorreva comprarle ogni mese qualche nuovo grembiule ricamato, qualche spillone per il fazzoletto. Quando mio marito rientrava, io gli andavo incontro al cancello, salivamo insieme nella camera di Giorgio e lo guardavamo dormire, poi andavamo a cena e io gli raccontavo come la balia s'era bisticciata con Felicetta, parlavamo a lungo del bambino, dell'inverno che si avvicinava, delle provviste di legna, e io gli dicevo di un romanzo che avevo letto e gli esponevo le mie impressioni. Egli mi circondava col braccio la vita, mi accarezzava, io appoggiavo il viso contro la sua spalla. Veramente la nascita del bambino aveva mutato i nostri rapporti. Eppure ancora a volte io sentivo che c'era qualcosa di forzato nei nostri discorsi, nella sua bontà e tenerezza, non avrei saputo dire perché. Il bambino cresceva, sgambettava e si faceva grasso, e mi piaceva guardarlo, ma a volte mi domandavo se lo amavo davvero. A volte non avevo voglia di salire le scale per andare da lui. Mi pareva che appartenesse ad altri, a Felicetta o alla balia, ma non a me.

Un giorno seppi che il padre di Mariuccia era morto. Mio marito non me ne aveva detto nulla. Presi il cappotto e uscii. Nevicava. Il morto era stato portato via dal mattino. Nella cucina buia, Mariuccia e la madre, circondate dalle vicine, si tenevano il capo fra le mani dondolandosi

Since I did not have any milk, a wet nurse was summoned from a nearby village. My sister and aunt left us and we went back to our old routine; I got up and went down to the garden and gradually took up my familiar old tasks again. But the house was transformed by the presence of the child; little white nappies hung in the garden and on the terraces, the velvet dress of the wet nurse swished through the corridors, and her singing echoed throughout the rooms. No longer a young woman, she was a rather fat and proud person who liked to talk a lot about the aristocratic houses where she had worked in the past. We had to buy her new embroidered aprons every month or pins for her handkerchief. When my husband came home I would go to meet him at the gate, and we would go up to Giorgio's room together to watch him sleep; after this we would have dinner and I would tell him about how the wet nurse had bickered with Felicetta, and we would talk for a while about the baby, the coming winter, the supply of wood, and I would tell him about a novel I had read and what I thought about it. He would put his arm around my waist and stroke me while I rested my head on his shoulder. Truly the birth of the child had changed our relationship. Nonetheless, I still sometimes felt that there was something strained in our conversations and in his goodness and affection, although I couldn't focus properly on the feeling. The child was growing up; he had started toddling and putting on weight, and I liked watching him, but at times I wondered if I really loved him. At times I didn't feel like climbing the stairs to go to him. It seemed to me that he belonged to other people, to Felicetta or to the wet nurse maybe, but not to me.

One day I learned that Mariuccia's father had died. My husband had said nothing about it to me. I took my coat and went out. It was snowing. The body had been taken away in the morning. Surrounded by their neighbours in their dark kitchen, Mariuccia and her mother held their heads in their

ritmicamente e gettando acute grida, come usa fare in campagna se è morto qualcuno di casa, mentre i fratelli, vestiti dei loro abiti migliori, si scaldavano al fuoco le mani violette dal freddo. Quando entrai, Mariuccia mi fissò per un attimo col suo sguardo stupito, acceso di una subitanea allegria. Ma non tardò a riprendersi e ricominciò a lamentarsi.

Ella ora camminava nel paese avvolta in uno scialle nero. E sempre mi turbavo all'incontrarla. Rientravo triste: vedevo ancora davanti a me quei suoi occhi neri, quei denti grossi e bianchi che sporgevano sulle labbra. Ma di rado pensavo a lei se non la incontravo.

Nell'anno seguente diedi alla luce un altro bambino. Era di nuovo un maschio, e lo chiamammo Luigi. Mia sorella s'era sposata ed era andata a vivere in una città lontana, la zia non si mosse, e nessuno m'assistette nel parto all'infuori di mio marito. La balia che aveva allattato il primo bambino partí e venne una nuova balia, una ragazza alta e timida, che si affezionò a noi e rimase anche dopo che Luigi fu svezzato. Mio marito era molto contento di avere i bambini. Quando tornava a casa domandava subito di loro, correva a vederli, li trastullava finché non andavano a letto. Li amava, e senza dubbio pensava che io pure li amassi. E io li amavo, ma non come un tempo credevo si dovessero amare i propri figli. Qualcosa dentro di me taceva, mentre li tenevo in grembo. Essi mi tiravano i capelli, si aggrappavano al filo della mia collana, volevano frugare dentro il mio cestello da lavoro, e io ne ero infastidita e chiamavo la balia. Qualche volta pensavo che forse ero troppo triste per stare coi bambini. 'Ma perché sono triste? – mi chiedevo. – Che c'è? Non ho ragione d'essere cosí triste.'

In un pomeriggio soleggiato d'autunno, mio marito ed io sedevamo sul divano di cuoio dello studio. – Siamo

hands, rocking back and forth and letting out shrill cries, as is the custom in the country when a close relative dies; the children, dressed in their best clothes, warmed their cold blue hands against the fire. When I went in, Mariuccia stared at me for a moment with her familiar look of amazement, lit up by a sudden animation. But she quickly recovered herself and began mourning again.

She now wore a black shawl when she walked around the village. Meeting her was still very difficult for me. I would return home unhappy: I could still see her dark eyes in front of me, those big white teeth which stuck out over her lips. But I hardly ever thought about her if we did not happen to meet.

The following year I gave birth to another child. It was a boy again, and we called him Luigi. My sister had got married and gone to live in a city far away and my aunt never left her home, so nobody helped me when I gave birth except for my husband. The wet nurse who had fed the first child left and so a new one came – she was a tall and shy girl who got on well with us and stayed even after Luigi had been weaned. My husband was very happy to have the children. When he came home they were the first thing he asked about, and he would run to see them and play with them until it was bedtime. He loved them, and no doubt thought that I loved them too. It was true that I did love them, but not in the way that once upon a time I had thought a mother ought to love her children. There was something subdued inside me when I held them on my lap. They tugged my hair, pulled on my necklace, wanted to search through my little workbox, and I would get irritated and call the wet nurse. Sometimes I thought that maybe I was too sad to have the children. 'But why am I sad?' I asked myself. 'What's the matter with me? I don't have any reason to feel this sad.'

One sunny autumn afternoon my husband and I were sitting on the leather sofa in the study. 'We've been married

sposati già da tre anni, – io gli dissi. – È vero, – egli disse, –
e vedi che è stato come io pensavo, vedi che abbiamo
imparato a vivere insieme –. Tacevo, e accarezzavo la sua
mano abbandonata. Poi egli mi baciò e mi lasciò. Dopo
alcune ore io pure uscii, attraversai le strade del paese e
presi il sentiero lungo il fiume. Volevo passeggiare un poco,
in compagnia dell'acqua. Appoggiata al parapetto di legno
del ponte, guardai l'acqua scorrere tranquilla ed oscura,
fra l'erba e le pietre, con la mente un poco addormentata
da quell'uguale rumore. Mi venne freddo e stavo per
andarmene, quando ad un tratto vidi mio marito salire
rapidamente per il dorso erboso del pendio, in direzione
del bosco. M'accorsi che lui pure mi aveva veduta. Si fermò
per un attimo, incerto, e riprese a salire, afferrandosi ai
rami dei cespugli, finché scomparve fra gli alberi. Io tornai
a casa, ed entrai nello studio. Sedetti sul divano dove poco
prima egli mi aveva detto che avevamo imparato a vivere
insieme. Capivo adesso quello che intendeva dire. Egli
aveva imparato a mentirmi, non ne soffriva piú. La mia
presenza nella sua casa l'aveva reso peggiore. E anch'io
ero divenuta peggiore stando con lui. M'ero inaridita,
spenta. Non soffrivo, non provavo alcun dolore. Anch'io
gli mentivo: vivevo accanto a lui come se l'avessi amato,
mentre non lo amavo, non sentivo nulla per lui.

A un tratto risonò per le scale il suo passo pesante. Entrò
nello studio, senza guardarmi si tolse la giacca infilando la
vecchia giubba di fustagno che portava in casa. Dissi: – Vorrei
che lasciassimo questo paese. – Farò richiesta per un'altra
condotta, se tu lo desideri, – mi rispose. – Ma sei tu che
devi desiderarlo, – gridai. E mi accorsi allora che non era
vero che non soffrivo, soffrivo invece in modo intollerabile,
e tremavo per tutto il corpo. – Una volta dicevi che dovevo
aiutarti, che è per questo che mi hai sposata. Ah, perché mi

now for three years already,' I said to him. 'Yes, you're right,' he said, 'and it's been just as I thought it would be, hasn't it? We have learned to live together, haven't we?' I remained silent and stroked his lifeless hand. Then he kissed me and left. After a few hours I went out as well, crossing the village roads and taking the path that ran alongside the river. I wanted to walk a little beside the water. Leaning on the wooden parapet of the bridge I watched the water run, still and dark, between the grass and the stones, and the sound made me feel a little sleepy. I was getting cold and was about to leave when all of a sudden I spotted my husband scrambling up the grassy ridge of the slope, heading for the woods. I realized that he had seen me as well. He stopped for a moment, uncertain, and then carried on climbing, grasping at the branches of the bushes as he went, until he disappeared in the trees. I returned home and went to the study. I sat on the sofa where just a little while ago he had told me that we had learned to live together. I understood now what he had meant by this. He had learned to lie to me, and it didn't bother him any more. My presence in his house had made him worse, and I too had got worse by living with him. I had become dried up and lifeless. I wasn't suffering, and I didn't feel any pain. I too was lying to him: I was living by his side as if I loved him, when really I didn't love him; I felt nothing for him.

All of a sudden the stairs resounded under his heavy steps. He came into the study, took off his jacket without even looking at me, and put on his old corduroy jacket which he wore around the house. 'I want us to leave this place,' I said. 'I will ask to be moved to another practice, if you want me to,' he replied. 'But it's you who should want it,' I screamed. I realized then that it wasn't true to say that I wasn't suffering; I was suffering unbearably and I was shaking all over. 'Once you said to me that I must help you, and that was why you married

hai sposata? – dissi con un gemito. – Ah, davvero, perché?
Che errore è stato! – disse, e sedette, e si coprí la faccia con le
mani. – Non voglio piú che tu vada da lei. Non voglio piú che
tu la veda, – dissi, e mi chinai su di lui. Ma egli mi respinse
con un gesto. – Che m'importa di te? – disse. – Tu non
rappresenti nulla di nuovo per me, non hai nulla che possa
interessarmi. Rassomigli a mia madre e alla madre di mia
madre, e a tutte le donne che hanno abitato in questa casa.
Te, non ti hanno picchiata quando eri piccola. Non ti hanno
fatto soffrire la fame. Non ti hanno costretta a lavorare nei
campi dal mattino alla sera, sotto il sole che spacca la schiena.
La tua presenza, sí, mi dà riposo e pace, ma nient'altro.
Non so che farci, ma non posso amarti –. Prese la pipa e la
riempí accuratamente e l'accese, con una subitanea calma. –
Del resto questi sono tutti discorsi inutili, chiacchiere senza
importanza. Mariuccia è incinta, – egli disse.

Alcuni giorni dopo io partii coi bambini e la balia per
il mare. Da lungo tempo avevamo deciso questo viaggio,
perché i bambini erano stati malati e avevano bisogno
entrambi di aria marina: mio marito sarebbe venuto ad
accompagnarci e si sarebbe trattenuto là con noi per un
mese. Ma senza che ci dicessimo piú nulla, era inteso ora che
non sarebbe venuto. Ci fermammo al mare tutto l'inverno.
Scrivevo a mio marito una volta alla settimana, ricevendo la
sua puntuale risposta. Le nostre lettere non contenevano che
poche frasi, brevi e assai fredde.

All'inizio della primavera tornammo. Mio marito ci
aspettava alla stazione. Mentre percorrevamo in automobile
il paese, vidi passare Mariuccia col ventre deformato.
Camminava leggera, nonostante il peso del suo ventre, e la
gravidanza non aveva mutato il suo aspetto infantile. Ma il
suo viso aveva ora un'espressione nuova, di sottomissione e
di vergogna, ed ella arrossí nel vedermi, ma non piú come

me; but why did you marry me?' I sobbed. 'Yes, why indeed? What a mistake it has been!' he said, and sat down, covering his face with his hands. 'I don't want you to go on seeing her. You mustn't see her again,' I said, bending over him. He pushed me away with an angry gesture, 'What do I care about you?' he said. 'You're nothing new for me; there's nothing about you which interests me. You're like my mother and my mother's mother, and all the women who have ever lived in this house. You weren't beaten as a child. You didn't have to go hungry. They didn't make you work in the fields from dawn till dusk under the back-breaking sun. Your presence, yes, it gives me peace and quiet, but that's all. I don't know what to do about it, but I can't love you.' He took his pipe, filled it meticulously, and lit it, suddenly calm again. 'Anyway, all this talk is useless; these things don't matter. Mariuccia is pregnant,' he said.

A few days later I went to the coast with the children and the wet nurse. We had planned this trip for a long time, as the children had been ill and they both needed the sea air; my husband was going to accompany us and stay there with us for a month. But, without needing to mention it, it was now understood that he would not come. We stayed by the sea for the whole winter. I wrote to my husband once a week and received a punctual response from him each time. Our letters contained just a few short and rather cold sentences.

We returned at the beginning of spring. My husband was waiting for us at the station. While we travelled through the village in the car I saw Mariuccia pass us with a swollen belly. She walked lightly in spite of the weight of her belly, and the pregnancy had not changed her childish smile. But there was something new in her expression, some sense of submission and shame, and she blushed when she saw me, but not in the

arrossiva una volta, con quella lieta insolenza. E io pensavo
che presto l'avrei veduta reggere fra le braccia un bambino
sporco, con la veste lunga che hanno tutti i bambini dei
contadini, e che quel bambino sarebbe stato il figlio di mio
marito, il fratello di Luigi e di Giorgio. Pensavo che non avrei
sopportato la vista di quel bambino con la veste lunga. Non
avrei potuto allora continuare l'esistenza con mio marito,
restare ad abitare nel paese. Sarei andata via.

Mio marito era estremamente abbattuto. Passavano giorni
e giorni senza che pronunciasse una parola. Neppure coi
bambini si divertiva piú. Lo vedevo invecchiato, trasandato
negli abiti: le sue mascelle erano ricoperte di un'ispida barba.
Rientrava molto tardi la sera e a volte si coricava senza
cenare. A volte non si coricava affatto e passava l'intera notte
nello studio.

Trovai la casa nel piú grande disordine dopo la nostra
assenza. Felicetta s'era fatta vecchia, si scordava di
tutto, litigava col servo e lo accusava di bere troppo. Si
scambiavano violenti insulti e spesso io dovevo intervenire a
placarli.

Per alcuni giorni ebbi molto da fare. C'era da ordinare la
casa, prepararla per l'estate vicina. Occorreva riporre negli
armadi le coperte di lana, i mantelli, ricoprire le poltrone
con le usse di tela bianca, metter le tende in terrazza e
seminare nell'orto, potare i rosai nel giardino. Ricordavo
con quanta animazione ed orgoglio m'ero data a tutte
queste cose, nei primi tempi che ero sposata. Immaginavo
che ogni mio semplice atto dovesse avere la piú grande
importanza. Non erano passati da allora neppur quattro
anni, ma come mi vedevo cambiata! Anche il mio aspetto
oggi era quello d'una donna matura. Mi pettinavo senza
scriminatura, con la crocchia bassa sul collo. A volte
specchiandomi pensavo che cosí pettinata non stavo bene e

same way as she used to blush, with that happy impudence. I thought that soon I would see her carrying a dirty child in her arms, wearing the long clothes which all peasant children have, and that child would be my husband's son, the brother of Luigi and Giorgio. I thought that it would be unbearable to see that child with the long clothes. I wouldn't have been able to continue living with my husband or carry on living in the village. I would leave.

My husband was extremely dispirited. Days and days passed during which he barely uttered a word. He didn't even enjoy being with the children any more. I saw he had grown old and his clothes had become scruffy; his cheeks were covered in bristly hair. He came home very late at night and sometimes went straight to bed without eating. Sometimes he didn't sleep at all and spent the entire night in the study.

On our return I found the house in complete chaos. Felicetta had grown old; she couldn't remember anything, and argued with the male servant, accusing him of drinking too much. They would exchange violent insults and often I had to intervene to calm them down.

For several days I had a lot to do. The house had to be put in order so that it would be ready for the coming summer. The woollen blankets and cloaks needed to be put away in the cupboards, the armchairs covered in white linen, the curtains taken out on the terrace; the vegetable garden needed sowing, and the roses in the garden needed pruning. I remembered the pride and energy I had given to all these tasks in the early days after we had got married. I had imagined that every simple job was of the highest importance. Since then hardly four years had passed, but how I now saw myself changed! Even physically I looked more like an older woman now. I brushed my hair without a parting, with the bun low down on my neck. Looking at myself in the mirror, I sometimes thought that having my hair combed

apparivo piú vecchia. Ma non desideravo piú d'esser bella.
Non desideravo niente.

Una sera sedevo in sala da pranzo con la balia che
mi stava insegnando un punto a maglia. I bambini
dormivano e mio marito era partito per un paese
lontano alcuni chilometri, dove c'era un ammalato grave.
All'improvviso suonò il campanello e il servo andò scalzo
ad aprire. Anch'io scesi: era un ragazzo sui quattordici
anni, e riconobbi uno dei fratelli di Mariuccia. – M'hanno
mandato a chiamare il dottore, che mia sorella sta male, –
disse. – Ma il dottore non c'è –. Si strinse nelle spalle e
andò via. Ricomparve di lí a poco. – Non è tornato il
dottore? – chiese. – No, – gli dissi, – ma lo farò avvertire –.
Il servo s'era già coricato: gli dissi di vestirsi e di andare
a chiamare il dottore in bicicletta. Salii nella mia camera
e feci per spogliarmi: ma ero troppo inquieta, eccitata,
sentivo che anch'io dovevo fare qualcosa. Mi copersi il
capo con uno scialle ed uscii. Camminai nel paese buio,
deserto. In cucina, i fratelli di Mariuccia sonnecchiavano col
capo sulla tavola. Le vicine parlavano tra loro aggruppate
davanti alla porta. Nella camera accanto, Mariuccia
camminava nello stretto spazio tra il letto e la porta,
camminava e gridava, sostenendosi alla parete. Mi fissò
senza riconoscermi, seguitando a camminare e a gridare.
Ma la madre mi gettò uno sguardo astioso, cattivo. Sedetti
sul letto. – Non tarderà il dottore, signora? – mi chiese la
levatrice. – Sono diverse ore che la ragazza ha i dolori. Ha
perso già molto sangue. È un parto che non si presenta
bene. – L'ho mandato a chiamare. Dovrebbe essere qui tra
poco, – risposi.

Poi Mariuccia cadde svenuta e la portammo sul letto.
Occorreva qualcosa in farmacia e mi offrii di andarvi io
stessa. Al mio ritorno s'era riavuta ed aveva ricominciato

like that didn't suit me, and it made me look older. But I didn't
care about looking pretty any more. I didn't care about anything.

One evening I was sitting in the dining room with the wet
nurse, who was teaching me a knitting stitch. The children
were sleeping and my husband had gone to a village a few miles
away where somebody had fallen seriously ill. All of a sudden
the bell rang and the servant went barefoot to see who it was.
I went downstairs as well: it was a boy of about fourteen, and I
recognized him as one of Mariuccia's brothers. 'They sent me
to call the doctor; my sister is not well,' he said. 'But the doctor
isn't here.' He shrugged his shoulders and went away. After a
while, he came back again. 'Hasn't the doctor returned yet?' he
asked. 'No,' I told him, 'but I'll let him know.' The male servant
had already gone to bed, so I told him to get dressed and go
and call for the doctor on his bicycle. I went up to my room and
started to undress, but I was too anxious and on edge; I felt that
I should do something as well. I covered my head with a shawl
and went out. I walked through the empty, dark village. In
the kitchen Mariuccia's brothers were dozing with their heads
resting on the table. The neighbours were huddled by the door
talking among themselves. In the room next door Mariuccia
was pacing up and down in the small space between the bed
and the door; she was crying and walking, leaning against
the wall as she went. She went on walking and screaming,
and stared at me but didn't seem to recognize who I was. Her
mother gave me a resentful and hostile look. I sat on the bed.
'The doctor won't be long, will he, Signora?' the midwife asked
me. 'The girl has been in labour for some hours now. She had
already lost a lot of blood. The delivery is not going well.' 'I've
sent for him to be called. He should be here soon,' I said.

Then Mariuccia fainted and we carried her on to the bed.
They needed something from the chemist's and I offered to go
myself. When I returned she had come round and had started

a gridare. Aveva le guance accese, sussultava buttando via le coperte. Si aggrappava alla spalliera del letto e gridava. La levatrice andava e veniva con le bottiglie dell'acqua. – È una brutta storia, – mi disse ad alta voce, tranquillamente. – Ma bisogna fare qualcosa, – le dissi. – Se mio marito tarda, bisogna avvertire un altro medico. – I medici sanno dire molte belle parole, e nient'altro, – disse la madre, e di nuovo mi gettò il suo sguardo amaro, riponendosi in seno la corona. – Gridan tutte quando si sgravano, – disse una donna.

Mariuccia si dibatteva sul letto coi capelli in disordine. A un tratto s'aggrappò a me, mi strinse con le scarne braccia brune. – Madonna, Madonna, – diceva. Le lenzuola erano macchiate di sangue, c'era del sangue perfino in terra. La levatrice non s'allontanava piú da lei. – Coraggio, – le diceva di quando in quando. Ora ella aveva come dei singhiozzi rauchi. Aveva un cerchio sotto gli occhi, la faccia scura e sudata. – Va male, va male, – ripeteva la levatrice. Ricevette nelle sue mani il bambino, lo sollevò, lo scosse. – È morto, – e lo buttò in un angolo del letto. Vidi una faccia vizza di piccolo cinese. Le donne lo portarono via, ravvolto in uno straccio di lana.

Ora Mariuccia non gridava piú, giaceva pallida pallida, e il sangue non cessava di scorrere dal suo corpo. Vidi che c'era una chiazza di sangue sulla mia camicetta. – Va via con un po' d'acqua, – mi disse la levatrice. – Non fa nulla, – risposi. – Mi è stata molto d'aiuto stanotte, – ella disse, – è una signora molto coraggiosa. Proprio la moglie di un dottore.

Una delle vicine volle ad ogni costo farmi prendere un po' di caffè. La dovetti seguire in cucina, bere del caffè chiaro e tiepido dentro un bicchiere. Quando tornai, Mariuccia era

screaming again. Her cheeks were hot and she struggled
around, throwing off the covers. She clung to the headboard
of the bed and screamed. The midwife came and went with
fresh bottles of water. 'It's a terrible business,' she said in a
loud, calm voice. 'But we must do something,' I said to her. 'If
my husband is late, we must alert another doctor.' 'Doctors
know lots of clever words, but not much else,' her mother
said, and she gave me another resentful look, clutching the
rosary to her breast. 'Women always scream when the baby is
about to come,' one of the women said.

Mariuccia was writhing on the bed and her hair was all
dishevelled. Suddenly, she grabbed hold of me, squeezing me
with her dark, bare arms. 'Mother of God,' she kept saying.
The sheets were stained with blood; there was even blood
on the ground. The midwife did not leave her side now. 'Be
strong,' she said to her from time to time. Now she was
making hoarse sobbing noises. She had bags under her eyes,
and her face was dark and covered in sweat: 'It's not good, it's
not good,' the midwife kept repeating. Finally, she received
the baby in her hands, lifted it, and shook it. 'It's dead,' she
said, and she threw it down into a corner of the bed. I saw
a wrinkled face. It looked like a little Chinese person. The
women took it away, bound up in a woollen rag.

Now Mariuccia had stopped screaming; she lay there
looking extremely pale, and the blood continued to flow from
her body. I saw that there was a little mark of blood on my
blouse. 'It'll come out with some water,' the midwife said to
me. 'It doesn't matter,' I said. 'You've helped me a lot tonight,'
she said. 'You're a very courageous lady – truly the wife of a
doctor.'

One of the neighbours insisted that I should have a little
coffee. I followed her into the kitchen and drank a cup of
weak, tepid coffee from a glass. When I returned Mariuccia

morta. Mi dissero che era morta cosí, senza piú riaversi dal suo sopore.

Le pettinarono le trecce, le ricomposero le coltri intorno. Alfine mio marito entrò. Teneva in mano la sua valigetta di cuoio: era pallido e trafelato, col soprabito aperto. Sedevo accanto al letto, ma egli non mi guardò. Si fermò nel mezzo della camera. La madre gli venne davanti, gli strappò dalle mani la valigetta buttandola a terra. – Non sei neppure venuto a vederla morire, – gli disse.

Allora io raccolsi la valigetta e presi mio marito per la mano. – Andiamo via, – gli dissi. Egli si lasciò condurre da me attraverso la cucina, fra le donne che mormoravano, e mi seguí fuori. A un tratto io mi fermai: mi sembrava che avrei dovuto mostrargli il piccolo cinese. Ma dov'era? Chissà dove l'avevano portato.

Camminando mi stringevo a lui, ma egli non rispondeva in alcun modo alla mia stretta, e il suo braccio pendeva immobile lungo il mio corpo. Capivo che non poteva accorgersi di me, capivo che non dovevo parlargli, che dovevo usare la piú grande prudenza. Venne con me fino alla porta della nostra camera, mi lasciò e ridiscese nello studio, come spesso faceva negli ultimi tempi.

Era già quasi giorno, sentivo gli uccelli cantare forte sugli alberi. Mi coricai. E ad un tratto mi accorsi che ero in preda a una felicità immensa. Ignoravo che si potesse essere cosí felici della morte di una persona. Ma non ne provavo alcun rimorso. Da molto tempo non ero felice, e questa era ormai una cosa tutta nuova per me, che mi stupiva e mi trasformava. Ed ero piena di uno sciocco orgoglio, per il mio contegno di quella notte. Comprendevo che mio marito non poteva pensarci ora, ma piú tardi, quando si fosse ripreso un poco, ci avrebbe ripensato e si sarebbe forse reso conto che avevo agito bene.

was dead. They told me she had died like that, without having
come round from her drowsiness.

They plaited her hair and straightened up the blankets around
her. At last my husband arrived. He was holding his leather
briefcase; he looked pale and out of breath, and his overcoat was
open. I was sitting next to the bed, but he did not look at me.
He stood in the middle of the room. The mother stood in front
of him, tore the briefcase from his hands, and threw it to the
ground. 'You didn't even come to see her die,' she said to him.

I gathered up his briefcase and took my husband's hand.
'Let's go,' I said to him. He let me lead him across the kitchen,
through the murmuring women, and he followed me out. All
of a sudden I stopped; it seemed to me right that he should see
the little Chinese-looking baby. But where was he? God knows
where they had taken him.

As we walked I held him tight, but he did not respond
to me in any way, and his arm swung lifelessly by my side.
I realized that he was not taking any notice of me and
I understood that I mustn't speak, and that I had to be
extremely careful with him. He came upstairs with me to the
door of our room but then left me and went off to the study,
as he had done recently.

It was already nearly light outside; I heard the birds singing
in the trees. I went to bed. All of a sudden I realized that I was
overcome with a feeling of immense joy. I had no idea that
somebody's death could make you so happy, yet I didn't feel
guilty for it at all. I had not been happy for some time, and
for me this was a completely new feeling, which amazed and
transformed me. I also felt full of foolish pride for the way
I had conducted myself that night. I knew that my husband
could not think of it now, but one day, when he had composed
himself a little, he would think of it again, and perhaps he
would realize that I had performed well.

All'improvviso un colpo risuonò nel silenzio della casa. Mi alzai dal letto gridando, gridando uscii per le scale, mi gettai nello studio e scossi quel suo grande corpo immobile nella poltrona, le braccia abbandonate e riverse. Un po' di sangue bagnava le sue guance e le sue labbra, quel volto che io conoscevo cosí bene.

Poi la casa si riempí di gente. Dovetti parlare, rispondere ad ogni domanda. I bambini furono portati via. Due giorni dopo, accompagnai mio marito al cimitero. Quando ritornai a casa, mi aggirai assorta per le stanze. Quella casa mi era divenuta cara, ma mi pareva di non avere il diritto di abitarvi, perché non mi apparteneva, perché l'avevo divisa con un uomo che era morto senza una parola per me. Eppure non avrei saputo dove andare. Non c'era un luogo al mondo in cui desiderassi andare.

All of a sudden a shot rang out through the silence of the house. I got up from my bed screaming and went down the stairs, screaming all the way. I burst into the study and shook his large body, which lay motionless on the armchair; his arms were hanging down lifelessly. There was a little blood on the cheeks and lips of that face I knew so well.

Afterwards the house filled up with people. I had to speak and answer every question. The children were taken away. Two days later I accompanied my husband to the cemetery. When I came home I wandered around the rooms in a daze. That house had become dear to me, but I felt as though I didn't have the right to live there, because it didn't belong to me, because I had shared it with a man who had died without uttering a single word to me. Yet, I didn't know where I should go. There wasn't a single place in the world where I wanted to go.

ELSA MORANTE

Le ambiziose

Quando, alcuni anni fa, conobbi le Donato, il contrasto
fra la madre e la figlia maggiore era già grave. Angela
Donato, la madre vedova, aveva tre figlie, e di esse
Concetta, la maggiore, era senza paragone la piú bella
di tutte; e la piú somigliante alla stessa Angela. In quei
paesi meridionali le donne maturano presto; umori
dolci e pigri scorrono nel loro sangue, e i loro corpi si
colmano, con la grassa venustà delle tuberose, mentre
l'ardore primitivo degli occhi si copre di un velo tenero.
Concetta era ancora adolescente, nella sua raggiante
snellezza; Angela già declinava, e sul suo grasso,
maestoso corpo di madre il suo volto dai tratti grandi e
decisi appassiva languidamente. Ma simile, nella madre
e nella figlia, era il sorriso, insieme civettuolo e fervido;
simile la forma degli occhi, nei quali l'affettuosità si
mescolava, direi quasi, alla ferocia; simile il taglio delle
labbra che, quando non ridevano, rivelavano una volontà
orgogliosa. E simili, infine, erano le mani, bianche, piene
e morbide, cosí belle da parer mani di gran dama; madre
e figlia se le curavano amorosamente, riserbando le
faccende piú rudi alle sorelle minori. Sia la madre che la
figlia, erano, difatti, vanitose, soprattutto nei riguardi delle
loro mani bellissime. La madre soleva baciare quelle della
figlia, ricordo, dando a ciascuna un bacio per ogni fossetta,

The Ambitious Ones

When I first met the Donato women, a few years ago now, the falling-out between the mother and her eldest daughter was already well advanced. Angela Donato, the widowed mother, had three daughters, and of these, Concetta, the eldest, was by far the most beautiful as well as the one who resembled her most. In those southern Italian villages women mature early; sweet and languorous humours run through their veins, and their bodies bloom with the fleshy elegance of a tuberose, while the primitive ardour in their eyes is concealed with a veil of tenderness. Concetta was still an adolescent, radiant in her litheness; Angela was already in decline, and above her majestic matronly corpulence her face with its clear-cut, determined features was languidly fading. But mother and daughter shared a similar smile, at once flirtatious and fervid; similar too was the shape of their eyes, in which an inclination to affection mingled with what one might venture to call ferocity; also similar was the shape of their lips, which when they weren't laughing revealed a proud determination. And similar, finally, were their hands: white, plump and soft; so beautiful as to resemble the hands of aristocratic women. Both mother and daughter took loving care of their hands, delegating the roughest tasks to Concetta's younger sisters. Mother and daughter, evidently, were both vain, especially with regard to these exquisitely beautiful hands of theirs. The mother would habitually kiss her daughter's hands,

un bacio per ogni dito; e di rimando la figlia baciava le mani della madre.

Entrambe, madre e figlia, avevano una voce fresca, alta e cantante; e fra le loro ambizioni c'era, appunto, quella di cantare; ma mentre la madre aveva sognato per sé i teatri, la figlia bramava di cantare in chiesa, nei cori delle suore, i mottetti sacri, accompagnata dall'organo. Tanto Concetta che Angela amavano le feste, la pompa; ma Angela vagheggiava i corsi affollati, le carrozze, i balli, i carnevali sulle piazze: mentre Concetta prediligeva le solennità nelle cattedrali, i gigli, le fiamme dei ceri, le leggende istoriate sui vetri. Ad Angela piacevano i bei vestiti, gli orecchini e le collane; Concetta si estasiava sulle pianete ricamate, sugli aurei tabernacoli, sulle ricche stole. Appunto qui stava il motivo di contrasto fra madre e figlia. Si aggiunga che, quando Concetta ebbe compiuto i quindici anni, sua madre incominciò a promettersi per la figlia un grandioso matrimonio, che portasse in casa quegli onori e quelle eleganze da lei sempre, e inutilmente, sospirati. E invece, Concetta, dopo aver parlato, con le suore, dello sposo celeste, non volle piú saperne di nessun altro.

Già nel tempo della sua fanciullezza, a volte, trovandosi sola in una stanza, faceva udire fin nella stanza vicina lo schiocco gentile di certi suoi baci sonanti; e se ci si accostava a spiare di sulla soglia, la si vedeva gettar baci in aria, con sorrisi rapiti: quei baci erano diretti appunto al suo sposo prescelto, cioè al Signore. La madre allora scuotendola per il braccio le diceva: – Ah, che cosa mi tocca di vedere, sciocca, insensata! – e Concetta, con occhi fiammeggianti d'ira, si liberava dalla stretta materna e fuggiva via.

Le quattro donne abitavano, nel centro del paese, e

I recall, giving a kiss to every dimple, and one to every finger – and in response the daughter would kiss the hands of her mother.

Both mother and daughter had clear, high singing voices, and among their ambitions was the ambition, precisely, to sing: but whereas the mother had dreamt of a career on the stage, her daughter yearned to sing sacred motets, in church, with choirs of nuns and organ accompaniment. Both Concetta and Angela loved festivities and the pomp of an occasion; but whereas Angela fantasized about crowded avenues, carriages, balls, carnivals in the piazzas, Concetta had a predilection for solemn ceremony in cathedrals; the lilies, the candle flames, the stories illuminated in stained glass. Angela liked elegant clothes, earrings and necklaces; Concetta would go into ecstasies over embroidered chasubles, golden tabernacles, splendid stoles. It was here that the source of the difference between mother and daughter was to be found. To which we must add that when Concetta turned fifteen her mother had begun to promise herself a grand marriage for her daughter: one that would bring to the family all the distinction and elegance that she'd always yearned for in vain. Instead Concetta, having talked with her nuns about their heavenly spouse, never wanted to hear about any other kind of husband again.

Even as a young girl, at times, when she'd found herself alone in a room, the sound of the gentle smack of her particularly resonant kisses could be heard in the next room; and if you hovered at the door to spy on what she was up to, you would catch sight of her blowing kisses into thin air and smiling, enraptured. Kisses that were directed, of course, to her intended: that is to say, the Lord. Her mother would shake her by the arm and say: 'So this is what I have to put up with, you silly, stupid girl!' – and Concetta, eyes blazing with fury, would free herself from the maternal grasp and run.

The four women lived in the centre of the village, on Piazza

precisamente sulla Piazza Garibaldi, un appartamento di
due piccole camere e cucina, con un balconcino che si
affacciava sulla piazza. Le stanze erano adorne di quegli
arazzi che vendono alle fiere i venditori ambulanti,
raffiguranti la Madonna della Seggiola, o la Scoperta
dell'America, o lo sbarco dei Mille in Sicilia. Inoltre,
le pareti erano abbellite da ritagli di riviste, da vecchie
fotografie e cartoline. Sui letti, erano stesi finti damaschi
scarlatti. Non c'erano cameriere, e si pranzava in cucina,
sotto un paralume di carta a smerli, a una tavola coperta da
una tela incerata.

*

Quando io conobbi le Donato, Concetta era stata
chiesta dal figlio del primo albergatore della città; e
quest' offerta di matrimonio, quanto mai lusinghiera,
aveva elettrizzato Angela. Già essa vedeva Concetta
installata nell'ingresso dell'albergo, in abito matronale
di velluto, con una spilla di rubini, ad accogliere gli
ospiti con affabile sovranità; e se stessa, con la stola di
pelliccia, piume e braccialetti, in visita dalla figlia, a
sventagliarsi nel salone. Invece Concetta rifiutò l'offerta
del figlio dell'albergatore. E la rifiutò come se un tale
rifiuto fosse cosa ovvia e indiscussa: con una risolutezza
cosí insultante, che il giovanotto da allora giurò alle
Donato eterna inimicizia. Incontrando la vedova Donato,
egli la oltrepassava con piglio marziale, senza salutarla;
e lei, a sua volta, lo sogguardava sprezzantemente,
come un'imperatrice. Presto colui si fidanzò con
un'altra ragazza; e passava apposta con lei sotto le
finestre delle Donato, per far vedere quanto era elegante
la sua fidanzata, e che tacchi, e che collane portava.
Gli occhi incupiti dall'invidia, un sorriso indifferente

Garibaldi to be precise, in an apartment with two small rooms
and a kitchen, with a little balcony overlooking the square.
The rooms were decorated with those tapestries peddled at
fairs by travelling salesmen, depicting the Madonna of the
Chair, or the Discovery of America, or the Landing of the
Thousand in Sicily. In addition to this the walls were adorned
with cuttings from magazines, with old photographs and
postcards. On the beds were covers of fake scarlet damask.
There were no maids, and they lunched in the kitchen,
beneath a beaded paper lampshade, at a table covered with
oilcloth.

*

When I first met the Donato women, Concetta's hand in marriage
had been asked for by the son of the most important hotelier
in the city; and this offer, coming from such a suitor as this, in
every way so very flattering, had electrified Angela. She could
already see Concetta installed in the entrance of the hotel, in a
velvet wedding dress, with a brooch of rubies, welcoming the
guests with sovereign affability; and herself wearing a fur stole,
feathers and bracelets, visiting her daughter, fanning herself in the
drawing room. But instead Concetta rejected the offer made by the
hotelier's son. And she repudiated that offer as if it were obviously
out of the question – with a promptness so offensive that the
young man had sworn eternal enmity towards the Donatos. If he
crossed paths with the widow in the street he would ostentatiously
overtake her with a martial gait, without acknowledging her,
while she in turn would snub him with a disdain worthy of an
empress. Soon this suitor was engaged to another young lady, and
would deliberately parade with her beneath the windows of the
Donato household, showing them how elegantly turned out his
new fiancée was, and what heels and what necklaces she sported.
Her eyes darkened with envy, an indifferent smile on her lips, the

sulle labbra, la vedova Donato lo adocchiava di dietro
i vetri. – Eh, altro che lui, ci vuole, per mia figlia! –
mi diceva, con supremo disdegno, – mia figlia è nata
per girare in macchina fuori-serie, con autista, balia e
porte-enfant!

Si dava spesso il caso, a quel tempo, che le scarpette
di Concetta, come pure quelle delle sue sorelle, fossero
sfondate. Me ne accorgevo quando, in chiesa, Concetta
stava in ginocchio davanti a me. Gli occhi di Concetta,
in quel momento, non potevo vederli, ma sapevo che
essi, vòlti all'altare, parevano spiccare il volo, come due
minuscole allodole verso il sole. Concetta possedeva molte
immagini sacre, donàtele dalle suore, che contemplava
tutto il giorno: in una si vedeva una monachella, non piú
in vesti da suora, però, ma in bellissime vesti di broccato,
nell'atto di tendere la mano verso un affabile fantolino, il
quale, all'aureola che gli cingeva la testa, si rivelava per il
Bambino Gesú. Questi, con un sorriso amoroso, le infilava
nell'anulare grassoccio la fede d'oro, mentre un angelo in
tunica gemmata, librato sopra di loro, le posava sul capo
una ghirlanda. In un'altra immagine, si vedeva un altissimo
colonnato, istoriato d'auree scene, davanti al quale un'
umile monaca stringeva la destra al Re del Cielo; testimone
di tali nozze era un vecchione che all'abito sontuoso si
sarebbe detto un Papa, e che con gesto benevolo sospingeva
la verginella verso lo Sposo. Le suore spiegavano a
Concetta che il prezioso colonnato del fondo non era altro
se non l'ingresso della magione (cosí esse si esprimevano),
della magione che doveva accogliere la sposina. Le
chiese, spiegavano le suore, anche le cattedrali scintillanti
di musaici, sono soltanto le case di Dio sulla terra;
figurarsi che cosa dev'essere la magione di Dio in cielo. Il
pavimento è un prato di fiori, ma i fiori sono di brillanti;

widow Donato would peer at him from behind the windowpanes.
'Well, it's something rather better than him that my daughter
deserves!' she would tell me, with supreme disdain: 'My daughter
was born to live in style – to drive around in a luxury car, with a
chauffeur, a nanny and a pram!'

It was frequently the case at this time that Concetta's dainty
shoes, and those of her sisters as well, were down-at-heel. I would
notice this when she was kneeling in church. I could not see her
eyes, but I knew that they would be directed towards the altar
like two tiny larks taking flight towards the sun. Concetta had
numerous sacred images, given to her by the nuns, and she would
spend all day in contemplation of them. One of these showed a
graceful young novice, no longer wearing the habit of a nun but
bedecked in exquisitely brocaded vestments, extending her hand
towards an affable-looking, chubby-cheeked infant who, given
the golden aura that crowned his head, was none other than the
Baby Jesus. With a loving smile he was placing a gold wedding
ring on her plump index finger; while, suspended above them,
an angel in a tunic covered in precious gems was depositing a
garland on her head. In another image there was an extremely
tall colonnade covered with unfolding edifying scenes, in front
of which a humble nun was holding the hand of the Lord of
Heaven. A venerable old man dressed as splendidly as a Pope was
witnessing these nuptials, gently urging the little virgin with a
gesture towards her spouse. The nuns would explain to Concetta
that the precious colonnade in the background was nothing less
than the entrance to the 'mansion' (for they were prone to express
themselves in such terms) – the mansion into which she would be
welcomed as a young bride. Churches, explained the nuns – even
those cathedrals glittering with mosaics – are merely God's houses
on earth. Imagine then what His heavenly mansions must be like
in comparison. The floors are carpeted with meadows of flowers,
but these flowers are made of precious stones. In the gardens,

nei giardini, al posto degli uccelli, volano angeli, e le loro ali, grandi come quelle delle aquile, nel battere suonano armoniosamente. La vita passa in continui suoni, danze, e in sorrisi d'amore. Angeli nascosti fra gli alberi, come pastori, cantano le lodi della Sposina. Altri le porgono le vesti principesche, altri le infilano i sandali rabescati. Ella non ha che da levare un dito, e tutto il Paradiso tace per ascoltarla.

Concetta splendeva d'orgoglio all'udire simili promesse; tutti i giorni fuggiva di casa per andare dalle suore, e, appena fu maggiorenne, entrò nel convento. A quel tempo, io non ero al paese e non assistetti alla sua vestizione, alla quale la madre e le sorelle si rifiutarono di assistere. Quando ritornai, le sorelle a bassa voce mi ammonirono a non parlare mai di Concetta davanti ad Angela; questa aveva giurato che per lei la figlia non esisteva piú. Una volta me la nominò; si pose una mano sul cuore, e, con occhi oscuri, col tono solenne di chi getta un anatema, disse: – Il mio cuore era tutto per quella figlia là, e adesso, al posto del cuore *tengo 'nu sasso* –. Poi gettò uno sguardo di altèra commiserazione alle altre due figlie, che erano entrambe piccole e tozze, coi capelli lisci e grosse mani ruvide.

*

Concetta intanto, dal convento, faceva (diciamo cosí) la corte a sua madre. Spesso le mandava regali, a esempio pizze dolci sparse di confettini, che la madre ricusava di assaggiare, e lasciava a noi; oppure strisce di seta bianca, sulle quali era stato ricamato un cuore rosso trafitto da una freccia. Questi ricami, che portavano in casa l'odore domestico e pio dei monasteri, la madre

angels with the wingspan of eagles fly about instead of birds, producing a melodious sound with the beating of their wings. Life passes there with continuous music, dances and smiles of love. Angels hidden amongst the trees, like shepherds, sing the praises of the young bride. Others bring her regal vestments, others still slip elaborately decorated sandals on to her feet. She needs only to raise a finger and the whole of paradise will fall silent and listen to her.

Concetta glowed with pride on hearing such promises; every day she would flee her home to visit the nuns, and as soon as she came of age she entered the convent. I was out of town at the time, so was not present when she took her vows, in a ceremony that her mother and sisters refused to attend. When I returned, her sisters whispered to me a warning that she was never to be spoken of again in front of her mother; Angela had sworn that, as far as she was concerned, her daughter had ceased to exist. She did mention her to me, on just one occasion. She placed a hand on her heart, and with dark eyes and the portentous tone of someone about to pronounce an anathema, she said: 'My whole heart was devoted to that daughter of mine; and now, where my heart used to be, *there is nothing but stone.*' Then she flung a glance of haughty commiseration in the direction of her other two daughters, who were both short and stout, with lank hair and thick, coarse hands.

*

Meanwhile, from the convent, Concetta was attempting to pay court, so to speak, to her mother. She would frequently send her gifts, such as sweet pizzas, topped with confectionery, that her mother refused to taste and passed on to us; or strips of white silk on which a red heart pierced by an arrow had been embroidered. These bits of embroidery transported to the house a redolence of the domesticity and piety of a monastic enclosure, and the

con ironico disprezzo li gettava in un canto. A Pasqua,
arrivò una scatola di cartone, contenente una monaca
di pasta dolce, lunga piú di quaranta centimetri, col
saio di cioccolata. Era opera di tutto il convento, e
non si era trascurato di legarle alla vita una cordicella
da cui pendeva una minuscola croce coperta di
confettini rossi. Alla vista di questa monaca, la
madre fu invasa da una fredda furia, e ordinò di
gettarla nel fuoco. Le due figlie ubbidirono, non senza
rimpianto.

La sera, di dietro le grate del convento, Concetta, le
mani in croce, guardava il cielo stellato. Ella fantasticava
che le stelle fossero le finestre illuminate della sua
futura magione, e cercava d'indovinare quale, fra esse,
appartenesse alla camera del suo sposo. Concetta aveva
ormai ventitre anni. Fu a quel tempo che si ammalò di
tifo e morí.

Le sorelle vennero a trovarmi affannose,
dicendomi che Concetta era entrata in agonia, e
pregandomi di persuadere la madre a visitarla,
almeno adesso. Corsi alla casa della vedova, ma
subito capii che Angela s'era già persuasa, e solo
per capriccio s'impuntava e pretendeva di farsi pregare.
Con pupille scintillanti, due macchie vermiglie sulle
gote, mi precedette verso il convento, e, senza
neppure salutare la suora portinaia, con aria di padrona
salí alla cella di sua figlia. Alle suore che bisbigliando
le si accostavano, aveva l'aria di dire: 'Scostatevi, mia
figlia è mia, io sola ho il diritto di piangerla.' Si
avvicinò al letto, e coi modi teatrali, ardenti, che le
mie paesane hanno nel dolore, esclamò: – Ah,
Concettella mia, Concettè! – e, inginocchiatasi presso

mother would throw them into a corner with a gesture of ironic contempt. At Easter a cardboard box arrived, containing a figurine of a nun made of sweet pastry, more than forty centimetres tall, wearing a habit made of chocolate. It was the product of a collective effort by the whole convent, and they had not failed to include such realistic details as the thin rope around her waist from which a minuscule cross was hanging, done in red sweets. At the sight of this nun the mother was overcome with sheer, cold fury, and ordered that it should be thrown into the fire. Her other two daughters obeyed, though not without a pang of regret.

In the evening, behind the grates of the convent, Concetta would hold a cross in her hands and look at the star-studded sky. She would fantasize that the stars were the lit windows of her future abode, trying to imagine which one of them belonged to her future spouse's room. Concetta had reached the age of twenty-three. And it was at this time that she fell ill with typhus and died.

The sisters rushed to inform me breathlessly that Concetta was in her final agony, and to beg me to persuade her mother to visit her at least this one last time. I ran to the widow's home, but quickly realized that Angela had already made up her mind to go, and that she only pretended to need to be begged to do so. With pupils sparkling, and two vermilion stains on her cheeks, she walked ahead of me towards the convent, and without even stopping to acknowledge the nun who acted as doorkeeper, swept upstairs to her daughter's cell with the proprietorial air of a mistress. To the murmuring nuns who came to her side it seemed that she was saying, 'Out of my way, she's my daughter and mine alone; I'm the only one with any right to cry for her.' She approached the bed, and in the theatrical, passionate manner that my female compatriots assume when afflicted, she exclaimed: 'Ah, my little Concetta, my own Concetta!', and kneeling down by

il letto della figlia, le prese la manina e la coprí di fitti baci.

A Concetta, per non dar peso alla sua testa affaticata, erano state tolte le bende di suora; i suoi capelli corti erano tutti a riccioli, come quelli dei bambini. Ma sebbene il suo viso fosse smagrito, si vedeva che il male l'aveva colta sul punto che la sua bellezza ormai maturava e si espandeva, come avviene in quei paesi alle spose. Il suo petto grande e florido affannava sotto il lenzuolo, il suo viso, dai languenti occhi cerchiati, aveva il pallore caldo e ricco dei gelsomini, di fra le labbra scolorite a ogni fiato apparivano i denti belli e minuti, di una grazia animalesca, ma leggermente ombrati dalla malattia. – Muore come una santa, – mi disse la madre superiora scuotendo il capo. Angela udí, e gettò sulla superiora uno sguardo inviperito, di rivale. Poi si aggrappò a quel povero lettuccio di ferro, e con voce stridente, singhiozzando, prese a rimproverare sua figlia: – Com'eri bella, figlietta mia! – le disse, – ah, com'eri bella! Eri un giardino di rose. Un gran signore dovevi sposare, e non essere morta in questa cameruccia. Ah, figlia del mio sangue, sangue mio, chi ti ha ammazzata? Con tua madre dovevi restare, che ti baciava la tua bella bocca e non ti faceva morire. Eri tutta bellezza, che piedini avevi, che manucce preziose! Concetta, Concetta, ritorna con tua madre!

Tutte intorno tacevamo, come a uno spettacolo. Ma Concetta non dava nessun segno di accorgersi di sua madre. Apriva adesso, leggermente, le labbra, a un sorriso affaticato ed estatico, ma balenante ancora di una inesprimibile civetteria. E con una voce puerile e quasi spenta, sottile come una ragnatela, incominciò a dire: – Vedo, vedo . . .

Tutte intorno sospendemmo il fiato. Ella piegava i cigli, con aria amorosa, e appena si udiva la sua voce che

the side of the bed she grasped her daughter's hands and showered them with a flurry of kisses.

So as not to weigh down her weary head, Concetta's nun's bands had been removed. Her short hair was thick with curls, like a child's. But although her face had become more gaunt, it was clear that the illness had struck her at the point when her beauty was maturing and expanding, as you regularly see in brides in those parts. Her big healthy chest heaved beneath the sheet; her face, with its languishing gaze and dark circles beneath her eyes, had the warm, richly hued pallor of jasmine flowers; with every breath from between her blanched lips her small beautiful teeth were revealed, with an animal grace but now shadowed by her illness. 'She's dying like a saint,' the Mother Superior told me, shaking her head. Angela overheard this and darted a vitriolic look at the Mother Superior: the look of a rival. Then she grabbed hold of that basic iron bedstead, and with a strident voice, shaken by sobbing, she began to scold her daughter thus: 'Oh, how beautiful you used to be, my little daughter!' she said, 'Oh, how beautiful you were! You were like a garden of roses. You should have married a gentleman, instead of dying in this garret. Ah, daughter of my flesh, my own flesh and blood, who has murdered you? You should have stayed with your mother, who kissed your lovely mouth and would not have let you die. Everything about you was beautiful, such lovely small feet, such precious little hands. Concetta, Concetta, come back to your mother!'

All of those standing around her were silent, as if watching a show. But Concetta gave no sign of being aware of her mother's presence. She parted her lips slightly in an exhausted and ecstatic smile that still had an irrepressible trace of flirtatiousness. And with a childish and almost extinguished voice, as frail as a spiderweb, she began to utter: 'I see, I see . . .'

All of those around her held their breath. She was lowering her eyelashes, with an amorous demeanour, and her voice could

sospirava: – Vedo un prato di gigli, vedo i santi e gli angeli.
Questo bel palazzo, è mio, Signore! Che bel palazzo, quante
corone, per me . . . – Parve interrompersi, quasi cercasse
parole di ringraziamento; la sua bocca era rimasta socchiusa,
ma taceva. Vidi che intorno le sue compagne suore avevano
un'aria trionfante, di vincitrici; guardai la gentile mano di
Concetta che, inanimata oramai, giaceva sul lenzuolo, e
mi accorsi che le sue unghie, dalla graziosa forma ovale,
erano di un colore violaceo. Angela pareva annichilita; il suo
volto silenzioso era esangue come quello di sua figlia, ma
lo bagnavano fitte, pesanti lagrime. Ella lasciò la mano di
Concetta, e si coprí il viso; quando si rialzò, aveva gli occhi
asciutti, un'espressione dignitosa e dura.

Poco dopo, ella dava ordini nel convento per i funerali
di Concetta, che avrebbe voluto sontuosi: – Mia figlia
era una signora! – dichiarò, con alterigia, alle suore che,
in quel monastero, quasi tutte erano figlie di contadini e
di artigiani. Esse ascoltavano a testa china, e annuivano
umilmente, quasi fossero al cospetto della Madre
Badessa.

*

Cosí ci ritirammo, lasciando alle suore del convento,
secondo le usanze, il compito di vegliare sulla
compagna. La quale fu rivestita degli abiti che la
facevano riconoscere quale suora di Dio: la gonna nera,
il crocifisso di legno, il soggolo, le ali nere sul capo. Il
giorno dopo, rimasta in casa di Angela per non lasciar
sola la madre, vidi dalla finestra la partenza di Concetta
verso la sua sospirata magione. Per quanto si fosse fatto,
il funerale era modesto. Sulla bara, portata a braccia, non
c'erano che tre piccole corone, dietro venivano i preti
oranti, e poi le suore; e infine le Figlie di Maria nei loro

barely be heard, sighing out: 'I see a meadow, of lilies, I see saints, and angels. This beautiful palace, it's mine, Lord! What a beautiful palace, how many crowns, for me . . .' She seemed to pause as if searching for words with which to express her gratitude. Her mouth was still half open, but she was quiet now. I noticed that her fellow nuns who had gathered around her seemed to have assumed a triumphant air, as if in victory. I looked at Concetta's graceful hand, lying lifeless now on the sheet, and realized that her elegantly oval nails had turned violet. Angela looked devastated: her silent face was as bloodless as her daughter's, but it was wet with dense, heavy tears. She let go of Concetta's hand and covered her face. When she looked up again, her eyes were dry and she had assumed a dignified, set expression.

Soon after, she was giving orders in the convent relating to Concetta's funeral, which she imagined would be a sumptuous affair: 'My daughter was a real lady!' she declared, haughtily, to the nuns, who, in that convent, were almost all daughters of peasants and artisans. They listened with lowered heads, and nodded humbly, almost as if they were in the presence of the Abbess herself.

*

And so we retired, leaving to the nuns of the convent, according to established custom, the task of keeping vigil over their sister. She was dressed again in the clothes that identified her as belonging to God: the black skirt; the wooden crucifix; the wimple, black wings on her head. The next day, having stayed at Angela's home so as not to leave the mother on her own, I saw, from the window, Concetta's procession towards her longed-for mansion. Despite any efforts to the contrary, the funeral was a modest one. The coffin was carried to the cemetery, with just three small wreaths, followed by chanting priests, and then the nuns. Bringing up the rear were the

candidi veli da spose sotto cui si vedevano i vestitini di fustagno di tutti i giorni, a colori vivaci, e gli stivaletti sdruciti.

Angela guardava il corteo con occhi fissi; a un tratto, agitando il pugno chiuso, disse: – Non ha avuto neppure una parola per sua madre! – e volse il viso da un lato, in un singhiozzo amaro di gelosia. Poi tornò a osservare attentamente le corone, il seguito, le Figlie di Maria coi lunghi ceri in mano; nei suoi occhi, dietro il velo vitreo delle lagrime, c'era una curiosità mondana, e sulla sua bocca apparve un broncio infantile che presto si risolse in una furia di pianto: – Ah, la mia bella figlia! – gridò con vanità disperata, – guardala come se ne va! E invece le toccherebbero onori da regina! Era una regina, quell'infame! – E con disdegno si ritirò dalla finestra, mentre la breve processione scompariva dietro Piazza Garibaldi.

Daughters of Mary, wearing their immaculate bridal veils, beneath which their everyday, brightly coloured felt dresses and their down-at-heel ankle boots could be glimpsed.

Angela was watching the cortège with a fixed look. At a certain point, shaking her fist, she said: 'She didn't even spare a last word for her poor mother!' And she turned her face to one side, with a sob of bitter jealousy, then resumed her careful scrutiny of the wreaths, the procession, the Daughters of Mary bearing long candles in their hands. From behind the glassy veil of her tears a mundane curiosity peered, and her lips formed a childish pout that culminated in a lachrymose outburst: 'Ah, my beautiful daughter,' she cried, with desperate vanity, 'look how they're taking her! She deserved a send-off worthy of a queen! And she was a queen, that wretched girl!' And with disdain she withdrew from the window, while the short procession disappeared behind Piazza Garibaldi.

ALBA DE CÉSPEDES

Invito a pranzo

Questo che racconto è un fatto che, in se stesso, non ha
molta importanza; però, ormai, la nostra vita è folta di fatti
come questo che rendono amare le nostre giornate.

È accaduto poche sere fa. Avevamo invitato a pranzo un
ufficiale inglese che aveva fornito a mio cognato Lello la
possibilità di venire subito a Roma dopo la liberazione dal
nord. Eravamo stati in gran pensiero per Lello; lo stimavamo
un ragazzo svelto e intelligente, capace di trarsi d'impaccio
in qualunque occasione, ma non ne sapevamo piú nulla da
venti mesi. Per questo motivo mio marito ed io non potevamo
godere pienamente delle dolci sere primaverili né della gioia di
essere tornati a casa, finalmente, e poter riprendere a lavorare,
a riposarci insieme, leggendo, presso la finestra. Eravamo
sempre oppressi da un'angoscia che ci tratteneva in uno stato di
scontentezza, di smania. Allora dicevamo: 'Non potremo essere
tranquilli finché non sapremo che fine ha fatto Lello.'

Tornò d'improvviso; andai ad aprire la porta credendo che
fosse il portiere con i giornali e invece era lui, sorridente,
che mi tendeva la mano come se fosse uscito di qui poche
ore prima. Furono grandi abbracci, esclamazioni, richiami;
una gran gioia, insomma, mista al rammarico che essa ci
avesse colti di sorpresa senza che avessimo potuto pregustarla
nella fantasia. A questo attribuimmo il fatto di avere ancora
in noi quel senso di oppressione, benché ormai Lello fosse

Invitation to Dinner

The story I am about to tell concerns an event that is not very important in itself. Nowadays, however, our lives are filled with events like this that burden our days.

It was a few nights ago. We had invited a British officer to dinner who had helped my brother-in-law Lello to come to Rome immediately after the north had been liberated. We had been very worried about Lello. We considered him a quick, intelligent boy, who could always get himself out of a jam, but we hadn't heard anything from him for twenty months. That's why my husband and I were unable to fully enjoy the pleasant spring evenings or the thrill of being back home, finally, and able to start work again, and to relax together, reading, by the window. We were always oppressed by an anxiety that kept us in a state of discontent, of agitation. So we said to each other, 'We won't be happy until we find out what happened to Lello.'

He returned unexpectedly. I went to open the door, thinking it was the doorman with the newspapers, and instead it was him, smiling, holding out his hand, as if he had just left a few hours earlier. There were big hugs, exclamations, chiding; great joy, in other words, together with regret at being caught off guard, denying us the pleasure of looking forward to his arrival. We blamed this on the sense of oppression we still felt inside even though Lello had returned. We immediately

tornato. Súbito stappammo una bottiglia, come si fa in
queste occasioni, e poi io mostrai al cognato una lampada
nuova che abbiamo in casa e certe nostre fotografie e due
piante fiorite sul terrazzo. Mi sembrava impossibile di non
riuscire a trovare altro da dirgli dopo tanti mesi di lontananza
e tanti avvenimenti, ma ero pervasa, mio malgrado, da
un malinconico disagio; avevo voglia di piangere anziché
di rallegrarmi. 'Mi dispiace,' dissi 'che non ci sia un buon
pranzetto, stasera. Domani . . .'

Allora Lello disse: 'Domani sera permettete, vorrei invitare
a pranzo il capitano Smith.' Spiegò che si trattava di un
capitano inglese che l'aveva portato, in macchina, da Torino a
qui. Noi súbito acconsentimmo, nell'entusiasmo della nostra
riconoscenza: ci affrettammo al telefono e udimmo con
gioia il capitano Smith accettare l'invito a pranzo per la sera
seguente.

La nostra casa è molto grande e bella: una volta c'erano
sempre fiori dappertutto, intonati ai colori delle tappezzerie.
Adesso non si può piú badare a tante cose. Ma quella sera
sembrava di essere tornati ai vecchi tempi. C'erano fiori
nel salotto e sulla tavola la tovaglia celeste invece dei soliti
centrini di rafia che usiamo giornalmente per risparmiare
il sapone.

Ci eravamo preparati troppo presto. In attesa dell'ospite,
sedevamo composti sui divani, bevendo il vermut come se
fossimo in visita, e io osservai con piacere che mio marito
si era cambiato per il pranzo, come faceva abitualmente
prima della guerra. Ormai la guerra è finita e mi pareva
normale che si tornasse a vivere come prima. 'È una
persona simpatica, il capitano Smith,' Lello diceva: 'credo
che vi piacerà.' Io non dicevo nulla, ma ero contenta che la
nostra casa fosse cosí luminosa in quell'ora e mi auguravo
che l'ospite non tardasse troppo perché le nubi rosse del

uncorked a bottle, as one does on such occasions, and then I showed my brother-in-law a new lamp we had at home and some photographs and two plants in bloom on the balcony. For some reason I couldn't find anything more to say to him after so many months of his being away and after so much had happened, but, despite myself, a feeling of uneasy melancholy crept up on me. I wanted to cry, not laugh. 'I'm sorry,' I said, 'that we don't have a nice little dinner prepared for tonight. Tomorrow . . .'

At which Lello said, 'Tomorrow night, if you don't mind, I'd like to invite Captain Smith to dinner.' He explained that Smith was a British captain who had brought him, by car, from Turin to here. On the spur of the moment we agreed, as an expression of our appreciation: we rushed to the telephone and were overjoyed to hear Captain Smith accept our invitation to dinner the next night.

Our house is very big and beautiful. Once upon a time there were always flowers everywhere, matching the colour of the upholstery. Today one can no longer bother with such things, but that night we felt as if we were back in the old days. There were flowers in the sitting room and on the table we laid the sky-blue tablecloth rather than the usual straw placemats used every day to save on soap.

We had everything ready too early. While waiting for our guest, we relaxed on the sofas, sipping vermouth as if we had stopped by for a visit, and I was pleased to observe that my husband had dressed up for dinner, as he used to do before the war. Now the war is over and I thought it would be normal for us to resume our old ways. 'He's a very nice man, Captain Smith,' Lello said, 'I think you'll like him.' I said nothing, but I was happy that our house was so luminous at that hour and I hoped that our guest wouldn't arrive too much later since the red clouds of sunset were about to fade.

tramonto stavano per spegnersi. Pensavo che l'ufficiale inglese avrebbe notato, uscendo dall'albergo di via Veneto, i ragazzini curvi sulle cassette di lustrascarpe e certi uomini immobili ai cantoni, che spiavano attorno perché avevano le tasche piene di sigarette, e le ragazze vistosamente pettinate che sorridevano ai soldati e camminavano lente sulle alte suole di sughero e le strade seminate di cartacce, scorze d'arance e di limoni, ogni sorta di rifiuti. Tuttavia consideravo che per arrivare da noi avrebbe dovuto percorrere una strada in lieve salita, come se la nostra casa si levasse sdegnosa su quelle miserie e potesse finanche ignorarle. Inoltre, lo confesso, ero soddisfatta di noi tre; il vestito di mio marito era di buon taglio – sebbene egli mi abbia piú volte fatto notare che è tutto liso sulle spalle – e la cravatta era stata comprata in Bond Street; mi pareva, insomma, che il nostro aspetto, la casa, i libri e il nostro inglese avrebbero potuto dare all'ospite un'impressione piacevole della gente di qui.

Eravamo pervasi da un benessere borghese e da quando Lello era tornato ci rendevamo conto di essere, in mezzo al grande sfacelo, una famiglia veramente fortunata; tutti vivi, le case intatte, neppure una scalfittura, neppure un vetro rotto. In quel momento, per la prima volta, non sentivo piú in me quel senso d'oppressione e mio marito neppure, intuivo, giacché parlava animatamente, lui sempre cosí serio e taciturno. Ciò voleva dire che eravamo intatti anche nell'animo; eravamo giovani e potevamo ricominciare.

Il capitano Smith giunse un po' in ritardo. Era un uomo alto, dai capelli grigi, che rideva e gesticolava ampiamente, ma la sua cordialità rese piú facili i primi momenti d'imbarazzo che sempre seguono gli incontri tra persone che non hanno nulla in comune, neppure la lingua. Lo condussi sul balcone e gli mostrai il panorama che è vasto e sereno, circoscritto da ondulate montagne di cui egli volle sapere i

I imagined that the British officer, as he left his hotel on Via Veneto, would notice the boys bent over their shoe-shine boxes, certain men standing on the corners, looking around warily, their pockets filled with cigarettes, the girls with eye-catching hairdos smiling at the soldiers and strolling on cork high heels, and the streets littered with paper, orange and lemon peels, and every kind of trash. I realized, however, that to arrive at our house he would have to walk slightly uphill, as if we rose contemptuously above that pocket of misery and could even ignore it. And then, I have to confess, I was pleased with the three of us: my husband's suit was well tailored – although he had pointed out to me on numerous occasions that the shoulders were threadbare – and his tie had been purchased on Bond Street. I felt, in short, that our appearance, our house, our books and our English would leave our guest with a very pleasant impression of the people from around here.

We relaxed into a bourgeois feeling of well-being. Since Lello's return we had realized that, in the midst of the general ruin, we were a truly lucky family. We were all alive, our houses intact, not even a crack, not even a broken window. At that moment, for the first time, I no longer felt that sense of oppression inside, and my husband didn't either, I could tell, since he was so lively in his speech, he who was always so serious and taciturn. This meant that our spirits were intact, too. We were young and we could start over.

Captain Smith arrived a little late. He was a tall man with grey hair who laughed and gestured abundantly, and his cordiality smoothed over the first moments of embarrassment that always accompany encounters between people who have nothing, not even a language, in common. I accompanied him to the balcony and showed him the panorama, which is vast and serene, surrounded by undulating mountains whose names he

nomi, a uno a uno, con una meticolosità tutta anglosassone.
Io non li conosco tutti, abito qui da tanti anni e non ho mai
pensato di chiederli, mi basta contemplare il paesaggio e
vederlo mutare colore secondo l'ora del giorno; ma, per
non confessare la mia ignoranza, ne inventai alcuni ed egli
li appuntò sul taccuino. Questo mi procurò un'allegrezza
infantile. Ridevo. Maliziose, tra gli alberi sottostanti,
s'accendevano e si spegnevano le lucciole.

Quando sedemmo a tavola mi sentivo lievemente eccitata,
come una fanciulla al primo ballo. Ero felice di vivere in
questa casa, in questa stagione, in questo paese. Oltre la
finestra si vedevano le cime dei cipressi e un chiarore azzurro
indugiava nel cielo. La tavola era molto graziosa, ornata
di fiori bassi tra i quali danzavano rosei amorini di vecchio
Capodimonte. Le vivande erano preparate con cura; da
tempo non mangiavamo cosí bene, ma avevamo voluto
festeggiare il grande avvenimento del ritorno di Lello. Si
parlava delle solite cose di cui si parla in questi casi; e cioè
del nostro inglese, prima, poi dei nostri soggiorni a Londra,
e, infine, della famiglia del nostro ospite che ci dichiarammo
ansiosi di conoscere. Regolarmente giunse anche il momento
in cui egli ci mostrò, con palese orgoglio, le fotografie
dei bambini. Fecero il giro della tavola, ognuno di noi
sollecitandole dall'altro, e Lello, che le ricevette per ultimo,
avrà certo dovuto patire per trovare, in inglese, una nuova
espressione ammirativa dopo quelle che mio marito ed io
avevamo usato. Tanto piú che i bambini erano brutti.

Infine all'arrosto, con il vino rosso, si parlò di politica
come sempre accade con gli anglosassoni: e sapevo che su
questo soggetto ci saremmo intrattenuti fino al momento
in cui l'ospite si sarebbe congedato da noi. Non avevo voglia
di parlare di politica, quella sera; ciò mi avrebbe fatalmente
riportato ai nostri angosciosi problemi di oggi. Infatti il

wanted to know, one by one, with a thoroughly Anglo-Saxon meticulousness. I don't know all of them. I've been living here for many years and I never thought to ask what they were. For me it's enough to contemplate the landscape and see it change colour with the time of day. To avoid admitting my ignorance, however, I made up a few names that he wrote down in a little notebook. This gave me a childish joy. I laughed. Maliciously, among the trees below, the fireflies lit up and faded.

When we sat down to the table, I felt a little exhilarated, like a girl at her first ball. I was happy to live in this house, in this season, in this country. Beyond the window you could see the tops of the cypress trees and a dim blue light lingering in the sky. The table was lovely, decorated with short-stemmed flowers interspersed with antique Capodimonte figurines of dancing cupids. The food had been carefully prepared. We hadn't eaten this well in ages, but we wanted to celebrate the great occasion of Lello's return. We spoke about the usual things one speaks about in such circumstances. Our English, first, and then our stays in London, and finally our guest's family, who we declared we couldn't wait to meet. The moment also arrived, without fail, when he showed us, with obvious pride, the photographs of his children. They were passed around the table, each of us demanding them from the other. Lello, who was the last to get them, really had to struggle to find, in English, a new expression of admiration, after the ones my husband and I had used. Especially since the children were so ugly.

Next, the roast, with red wine, then politics came up, as it always does with the British: and I knew that this subject would entertain us until the moment the guest took his leave. I had no desire to speak about politics that night. It would have taken me back fatally to the troubles of the present. Indeed the conversation narrowed down, turned local, and

discorso si andava facendo sempre piú ristretto, si localizzava, e, quando giunse la frutta, non si parlava piú che dell'Italia. Anzi, degli Italiani. E il nostro ospite, che era buon bevitore, si trovava cosí bene in casa nostra da essere quasi indotto a credere – anche perché poteva esprimersi rapidamente nella sua lingua – di trovarsi tra vecchi amici. Insomma parlava degli Italiani, come ne avrebbe parlato tornando in patria e pranzando al club. Non diceva nulla di inesatto. Era un brav'uomo veramente. Diceva soltanto: 'Voi Italiani siete cosí e cosí.' E poiché era animato da ottime intenzioni e voleva innanzi tutto essere cortese, ripeteva ogni tanto 'scusatemi', chiedendo se potesse parlare liberamente, e noi rispondevamo 'prego prego'. Non diceva nulla di male, ripeto; neppure la decima parte di quello che noi usiamo dire di noi stessi. A un certo punto, con un tono paterno ed affettuoso, disse: 'Bisogna aspettare che il mondo si faccia una nuova opinione di voi, o meglio che riacquisti una certa fiducia dopo questi vent'anni. È necessario, ora, non aver fretta. Bisogna lavorare e dimostrarci con la vostra politica, con la vostra civiltà, che siete un popolo al quale vale la pena di portare aiuto. Intanto gli amici dell'Italia – e io sono fra questi – lavoreranno per voi, per aiutarvi.' Sorrideva aspettando che ringraziassimo, che dicessimo qualcosa, o che sorridessimo anche noi, almeno. Io non potevo piú resistere; dissimulata dal lungo ricadere della tovaglia mi torcevo a una a una le dita, fino a farne scricchiolare le giunture; non potevo sopportare l'idea che noi fossimo ancora un popolo da giudicare, un popolo sul quale un qualsiasi capitano Smith sentisse il dovere di dare la sua opinione. Egli stava in quel momento aggiungendo che eravamo un popolo di brava gente nonostante certe nostre debolezze – scusatemi, vero?, prego prego – nonostante certi nostri errori; un popolo che bisognava aiutare. E io chinavo gli occhi umiliata che noi, tutti noi – quarantacinque milioni

by the time the fruit arrived, all we talked about was Italy. Or
rather, the Italians. And our guest, who was a hearty drinker,
felt so comfortable in our house that he was almost led to
believe – also since he could express himself quickly in his
own language – that he was among old friends. That is to say,
he spoke about the Italians the same way he would once he
was back home and dining at the club. Nothing he said was
inexact. He really was a good man. The only thing he said was,
'You Italians are like this and like that.' And since he was filled
with the best intentions and wanted above all to be courteous,
every so often he would repeat, 'Do you mind,' asking if he
could speak freely, and we would answer, 'Please, go right
ahead.' Nothing he said was bad, I repeat. Not even a tenth
of what we tend to say about ourselves. At a certain point, in
a paternal and affectionate way, he said, 'You have to wait for
the world to form a better opinion of you, or rather for it to
regain a certain trust after the twenty years of Fascism. For
the moment, it's best not to rush things. You have to work
hard and demonstrate through your politics, through your
civilization, that you're a people who deserve to be helped. In
the meantime, the friends of Italy – and I count myself among
them – will work for you, lend you a hand.' He smiled, waiting
for us to thank him, to say something to him, or at least to
smile ourselves. I couldn't bear it any more. Under cover of
the long drop of the tablecloth, I twisted my fingers, one by
one, until my knuckles cracked. I couldn't stand the idea that
we were still a people to be judged, a people to whom any
old Captain Smith felt obliged to deliver his opinion. At that
moment he was adding that we were a population of good
people, despite some of our shortcomings – Do you mind? But
it's true, isn't it? Please, go right ahead – despite some of our
mistakes. A people that deserved to be helped. And I lowered
my eyes, humiliated at the thought that we, that all of us – all

di persone sane e intelligentissime – avessimo veramente
bisogno dell'aiuto del capitano Smith.

Gli uomini ascoltavano seri, attenti: forse perché egli
si esprimeva in una lingua straniera ed essi non volevano
perdere una parola, ma insomma pareva che ascoltassero
una lezione. Poi ribattevano, discutevano, contraddicevano,
citavano fatti, condizioni, che avrebbero dovuto mutare
l'opinione del capitano Smith. Lello, che veniva dal nord,
parlava di case sventrate dalle bombe, di famiglie che
andavano da un villaggio all'altro, con i materassi sulle
spalle, cercando asilo, di innocenti ebrei deportati e infilati
vivi nei forni, di partigiani impiccati agli alberi dei viali e
lasciati lí, penzoloni, con la lingua nera tra i denti, senza che
le loro madri potessero staccarli da quei rami e portarseli
via. Io lo fissavo, sperando che incontrasse il mio sguardo
e capisse che doveva tacere. Non dovevamo parlare di tutto
ciò. Di noi, delle nostre ferite mi coglieva un invincibile
pudore, femminile, geloso. Non potevo ammettere che
se ne discutesse cosí, tra un piatto e l'altro; e soprattutto
intuivo che l'ufficiale straniero non avrebbe capito il motivo
che ci aveva spinto a fare certe cose, o a non farle, che
non avrebbe saputo valutare il nostro sforzo, la nostra
sofferenza. Che ne sapeva lui, di tutto questo? Aveva posato
sigarette e accenditore sulla tovaglia, sigarette finissime
che da noi si vendevano di contrabbando, agli angoli delle
strade, rischiando ogni giorno la galera. Le nostre erano
vicende e miserie di popolo povero, di contadini analfabeti
che mangiano pane e cipolla, di terra avara che dà solo
frutti, fiori e figli. Tutto ciò, a leggerlo nei libri, è molto
pittoresco. Ma scavava fra noi e lui un'incolmabile distanza.
Mio cognato seguitava a parlare e io lo richiamavo con
gli occhi, lo supplicavo: zitto, Lello, zitto. Come poteva
comprendere il nostro ospite tutto ciò? Il capitano Smith

forty-five million healthy and very intelligent people – really
did need the help of Captain Smith.

The men listened seriously, attentively: maybe because
he was expressing himself in a foreign language and they
didn't want to miss a word. It was as if they were listening to
a lecture. Then they rebutted, debated, contradicted, cited
facts, conditions, that should have changed Captain Smith's
opinion. Lello, who had seen what had happened in the
north, spoke of houses gutted by bombs, families that went
from one village to the next with mattresses on their backs,
seeking shelter, innocent Jews deported and stuck into ovens,
alive, partisans hung from trees along the avenues and left
there, dangling, their tongues black between their teeth, their
mothers not allowed to cut them down from the branches
and carry them away. I stared at him, hoping he would meet
my gaze and realize that he should stop talking. We shouldn't
speak about all that. About us, our wounds, I was gripped
by a steely restraint, feminine, jealous. I couldn't allow them
to be discussed like that, between one course and the other.
And above all I sensed that the foreign officer wouldn't have
understood the motives that had driven us to do certain
things, or not to do them, that he wouldn't have been able to
appreciate our efforts, our suffering. What did he know about
all this? He had set his cigarettes and lighter on the tablecloth,
very fine cigarettes that were sold around here on the black
market, on street corners, by people risking prison every day.
Ours were the events and the miseries of a poor people, of
illiterate peasants that eat bread and onions, of a bitter earth
that only yields fruit, flowers and children. All of this, when
you read about it in books, is very picturesque. But it dug
an unbridgeable divide between us and him. My brother-in-
law continued to speak and I appealed to him with my eyes.
I begged him: Be quiet, Lello, be quiet. How could our guest

è stato educato nel primo collegio del mondo e viaggia per i continenti disinvolto, in calzoncini corti, come se dappertutto si trovasse in colonia. Vedevo sulla tovaglia il suo braccio nudo sino al gomito e coperto di folti peli rossi. Mi domandavo perché si fosse presentato vestito in tal modo, mentre mio marito non osa mai, neppure in agosto, sedere a tavola con me senza la giacca. E m'irritavo con me stessa per la possibilità che egli aveva di prendersi, in casa mia, tale licenza.

Ormai era buio e dalla finestra non si vedevano piú le cime dei cipressi, i fiori sulla tovaglia erano un po' appassiti. Non capivo perché fossimo seduti a tavola con quello sconosciuto né perché avessimo speso tanto danaro per quel pranzo, indossato i nostri vestiti migliori, adornato la tavola con quegli amorini danzanti che stavano, d'ordinario, chiusi in una vetrina. Non c'erano piú feste per noi: neppure quella del ritorno di Lello poteva essere festa davvero. Avevo voglia di scansare tutto con un gesto, bicchieri fiori statuine, nascondere la testa tra le braccia incrociate sulla tovaglia e piangere. Non bastava, come prova di civiltà, aver fabbricato quelle porcellane né aver scritto i libri stipati negli scaffali che foderavano le pareti della biblioteca. Bisognava di nuovo dimostrare, provare, passare tutti insieme, quarantacinque milioni, un lungo esame. Sentivo d'improvviso una grande compassione di me. E anche i due uomini della mia famiglia mi procuravano un irresistibile sentimento di pietà. Non volevo che stessero lì a discorrere, a spiegare. Mi pareva che si diminuissero, con quei loro onesti ragionamenti, che ne uscissero pesti, umiliati: forse perché non erano alti di statura e il capitano Smith li dominava con tutta la testa. 'Andiamocene via di nuovo,' avrei voluto dire, 'fuggiamo, abbandoniamo la casa e la città ancora una volta, nascondiamoci.' Questo solo poteva essere il nostro destino, come negli ultimi anni trascorsi. Fuggire, di casa in casa, di

understand all this? Captain Smith had been educated at the best boarding school in the world, and he travelled across continents with nonchalance, in shorts, as if he were in a colony wherever he went. On the tablecloth I could see his arm, naked to the elbow and densely covered with red hairs. I asked myself why he had come dressed like this, while my husband would never dare, even in August, to sit down at the table with me without a jacket. And I was irritated with myself at the fact that he could take such a liberty in my home.

By now it was dark outside and from the window you could no longer see the tops of the cypress trees. The flowers on the tablecloth had started to wilt. I didn't understand why we were sitting with that stranger or why we had spent so much money on that dinner, getting all dressed up, decorating the table with those dancing cupids that, ordinarily, were kept in a curio cabinet. There were no more festive occasions for us: not even Lello's return could really be festive. I wanted to sweep away everything with a gesture, glasses flowers figurines, cross my arms over the tablecloth, bury my head and cry. It wasn't enough, as proof of civilization, to have manufactured that porcelain or to have written those books squeezed into the shelves that lined the walls of the library. We had to demonstrate once again, to prove, to pass, all forty-five million of us together, a lengthy exam. I suddenly felt great compassion for myself. And the two men of my family overwhelmed me with feelings of pity. I didn't want them to keep conversing, explaining. To me they seemed to be demeaning themselves through their honest arguments, being beaten, humiliated: maybe because they weren't very big and Captain Smith was a whole head taller than them. 'Let's go away again,' I wanted to say. 'Let's flee, abandon the house and the city once more, let's go into hiding.' Only this could be our fate, the experience of the past few years. To

paese in paese, curvi dietro le fratte, guardandoci le spalle, complottando, combattendo, morendo anche, ma sotto falso nome. Com'era possibile tornare a indossare bei vestiti, a sederci nelle comode poltrone, leggendo o ascoltando la musica? Non eravamo tre persone come le altre che ospitano nella loro casa, amabilmente, uno straniero di passaggio. Eravamo tre di quei poveri Italiani che, in fondo, nonostante tanti difetti, bisognava aiutare.

Passammo nel salotto seguitando a discorrere. Ma io, a poco a poco, tornavo a sentire in me quell'angoscia che mi accompagnava ormai da molti anni. Non si era dissipata neppure con il ritorno di Lello e perciò capivo che non sarebbe cessata tanto presto. Non dipendeva da una casa o da una persona: era dappertutto, nell'aria. La certezza d'essere salvi e giovani, di avere ancora i libri negli scafali e i fiori sulla tavola, non bastava a scacciarla: e noi non potevamo rallegrarci perché i tempi difficili erano finiti, ma solo perché non dovevamo piú affrontarli sotto un falso nome.

Cosí che quando l'ufficiale inglese salutò, disse *good night*, fu per me un gran sollievo. Promise di tornare prima del suo ritorno in Inghilterra che però, aggiunse sorridendo, era ormai prossimo. Non lo avremmo visto piú, lo sapevo; eravamo abbastanza vecchi per avere già fatto molte volte, in patria e all'estero, l'esperienza di altri incontri inutili e cordiali come quello. Il capitano Smith era un brav'uomo, animato da simpatia verso il nostro paese e verso di noi, come Lello aveva detto. Ma appena la porta fu richiusa dietro di lui io dissi: 'Buonanotte, ragazzi' e gli altri non mi trattennero, anch'essi s'avviarono verso le loro camere. Li guardai allontanarsi nel corridoio con profonda tenerezza. E non potei a meno di notare che il vestito blu di mio marito era liso, molto liso, sulle spalle. Egli aveva proprio ragione di dire che, ormai, non era piú il caso di cambiarsi per il pranzo.

flee from house to house, town to town, crouched behind the thickets, watching our backs, plotting, fighting, even dying, but under fake names. How was it possible to go back to wearing nice clothes, to sitting in comfortable armchairs, reading or listening to music? We were not three people like any others who might host a visiting foreigner at their house. We were three of those poor Italians who, basically, despite many shortcomings, one was supposed to help.

We moved to the living room, continuing the conversation. But little by little, I went back to feeling the anguish that had accompanied me for many years now. It hadn't dissipated even with the return of Lello, so I realized that it would not go away any time soon. It didn't depend on a house or a person. It was everywhere, in the air. The certainty of being safe and young, and of still having books on the shelves and flowers on the table, wasn't enough to expel it: and we couldn't rejoice that the hard times were over, only that we no longer had to face them under false names.

So when the English officer took his leave and said, 'Goodnight,' it came as a great relief. He promised to come back before his return to England, which, he added with a smile, would be very soon. I knew we would never see him again. We were old enough to have already experienced many times, at home and abroad, other useless and polite encounters like this one. Captain Smith was a good man, filled with sympathy for our country and for us, as Lello had said. But as soon as the door was closed behind him I said, 'Goodnight, guys.' They did not detain me, and headed straight for their bedrooms. I watched them walking down the hall with deep tenderness. And I could not help but notice that the shoulders of my husband's navy-blue suit were threadbare, really threadbare. And he was quite right to say that, nowadays, there was no sense in getting dressed up for dinner.

ITALO CALVINO

Dialogo con una tartaruga

Uscendo di casa o rincasando, il signor Palomar incontra spesso una tartaruga. Pronto com'è a tener conto d'ogni possibile obiezione ai suoi ragionamenti, Palomar alla vista della tartaruga che attraversa il prato arresta per un instante il corso dei suoi pensieri, li corregge o precisa in qualche punto, o comunque li rimette in questione, li sottopone a una verifica.

Non che la tartaruga obietti mai qualcosa a ciò che Palomar opina: va per i fatti suoi e non vuol sapere d'altro; ma già il fatto che si mostri lì sul prato, arrancando con le zampe che sospingono il guscio come i remi d'una chiatta, equivale all'affermazione: 'Io sono una tartaruga,' ossia: 'C'è un io che è tartaruga,' o meglio: 'L'io è anche tartaruga,' e finalmente 'Ogni tuo pensiero che si pretende universale non sarà tale se non varrà ugualmente per te uomo e per me tartaruga.' Ne consegue che, ogni volta che il loro incontro avviene, la tartaruga entra nei pensieri del signor Palomar e li attraversa col suo passo deciso; egli può continuar a pensare i suoi pensieri di prima, ma adesso sono pensieri con dentro una tartaruga, una tartaruga che forse li sta pensando insieme a lui, dunque non sono più i pensieri di prima.

La prima mossa del signor Palomar è difensiva. Dichiara: – Ma io non ho mai preteso di pensare niente d'universale. Considero quello che penso come facente parte delle cose pensabili, per il semplice fatto che lo sto pensando. Punto e basta.

Dialogue with a Tortoise

When leaving or returning home, Mr Palomar often bumps into a tortoise. At the sight of this tortoise crossing the lawn, Mr Palomar, always keen to entertain any possible objection to his line of reasoning, momentarily halts his stream of thoughts, correcting or clarifying certain points, or in any case calling them into question and assessing their validity.

Not that the tortoise ever objects to anything that Mr Palomar opines: the creature minds his own business and isn't bothered by anything else. But the mere fact of his showing up on the lawn, trudging with claws that thrust his shell forward like the oars of a barge, amounts to asserting: 'I am a tortoise,' or rather: 'There is an I that is a tortoise,' or better still: 'The I is also a tortoise,' and finally: 'Nothing you think that purports to be universal is so unless it is equally valid for you, Man, and for me, Tortoise.' It follows that, every time they meet, the tortoise enters Mr Palomar's mind, crossing it with its steady stride. Mr Palomar continues to ponder his previous thoughts, but now they contain a tortoise, a tortoise who is perhaps sharing those thoughts, thus putting those previous thoughts to an end.

Mr Palomar's first move is defensive. He declares: 'But I've never claimed to have a universal thought. I regard what I think as forming a part of thinkable things, for the simple fact that I am thinking it. Period.'

Ma la tartaruga – la tartaruga pensata – replica: – Non è vero: non per tua scelta, ma perché così vuole la forma mentis che impronta di sé i tuoi pensieri, sei portato a attribuire ai tuoi ragionamenti una validità generale.

E Palomar: – Tu non tieni conto che io ho imparato a distinguere, in ciò che m'avviene di pensare, vari livelli di verità e a riconoscere ciò che è motivato da particolari punti di vista o pregiudizi di cui io partecipo, per esempio ciò che penso in quanto appartengo alla categoria sociale dei fortunati e che un diseredato non penserebbe, o in quanto appartengo a tale e non talaltra area geografica, tradizione, cultura, o ciò che è presupposto esclusivo del sesso maschile e che una donna confuterebbe.

– Così facendo, – interloquisce la tartaruga, – cerchi di depurare dalle motivazioni interessate e parziali una quintessenza di 'io' che valga per tutti gli 'io' possibili e non per una sola parte di essi.

– Ammettiamo che sia così, cioè che questo sia il punto d'arrivo a cui io tendo. Che cos'hai da obiettare, tartaruga?

– Che anche se tu riuscissi a identificarti con l'universalità dell' umano, ancora saresti prigioniero d'un punto di vista parziale, meschino, e – lasciamelo dire – provinciale, a cospetto della totalità di ciò che esiste.

– Vuoi dire che il mio io dovrebbe farsi carico, in ogni sua presunzione di verità, non solo dell'intero genere umano, presente e passato e a venire, ma anche di tutte le stirpi dei mammiferi, degli uccelli, dei rettili, dei pesci, per non dire dei crostacei, molluschi, aracnidi, insetti, echinodermi, anellidi e perfino protozoi?

– Così è perché non c'è ragione che la ragione del mondo s'identifichi con la tua d'uomo e non con quella di me tartaruga.

– Una ragione ci sarebbe, di cui non mi pare si possa

But the tortoise – the tortoise in his head – replies: 'That's not true. You are inclined to attribute general validity to your reasoning, not because you choose to, but because the *forma mentis* that moulds your thoughts demands it.'

Then Mr Palomar: 'You're not taking into consideration the fact that I have learned to distinguish, in what I happen to think, various levels of truth, and to recognize what is motivated either by particular points of view or the prejudices I hold. For example, what I think as a member of the fortunate class, that someone less privileged would not; or as someone who belongs to one geographical area, tradition or culture as opposed to another; or what is presumed to be exclusive to the male sex, which a woman would confute.'

'In so doing,' the tortoise interjects, 'you attempt to distil, from biased and partial motivations, a quintessential I valid for all possible forms of I, and not just a portion of them.'

'Let's say that you're right, and that this is the conclusion I'm after. What would your objection be, Tortoise?'

'That even if you managed to identify with the totality of the human race, you would still be a prisoner of a partial, petty and – if I may say so – provincial point of view with respect to the totality of existence.'

'Do you mean that I should assume responsibility, in all its presumed truth, not only for the entire human race, past, present and future, but also for all species of mammals, birds, reptiles and fish, not to mention crustaceans, molluscs, arachnids, insects, echinoderms, annelids and even protozoans?'

'Yes, because there is no reason for the world's reason to identify with yours rather than mine; with a man's reason and not a tortoise's.'

'There could be a reason, one whose objective certainty

mettere in dubbio la certezza obiettiva, ed è che il linguaggio fa parte delle facoltà specifiche dell'uomo; ne consegue che il pensiero dell'uomo, fondato sui meccanismi del linguaggio, non possa paragonarsi al pensiero muto di voialtre tartarughe.

– Dillo, uomo: tu credi che io non pensi.

– Questo non sono in grado né d'affermarlo né di negarlo. Ma quand'anche si dimostri che il pensiero esiste nel chiuso della tua testa retrattile, per farlo esistere anche per gli altri, fuori di te, devo prendermi l'arbitrio di tradurlo in parole. Come sto facendo in questo momento, prestandoti un linguaggio perché tu possa pensare i tuoi pensieri.

– Ci riesci senza sforzo, mi pare. Sarà per tua generosità o perché ti si impone l'evidenza che la facoltà di pensare delle tartarughe non è inferiore alla tua?

– Diciamo che è diversa. L'uomo grazie al linguaggio può pensare cose non presenti, cose che non ha mai visto né vedrà, concetti astratti. Degli animali si suppone che siano prigionieri d'un orizzonte di sensazioni immediate.

– Nulla di più falso. La più elementare delle operazioni mentali, quella che presiede alla ricerca del cibo, è messa in moto da una mancanza, da un'assenza. Ogni pensiero parte da ciò che non c'è, dal confronto tra ciò che vede o sente e una rappresentazione mentale di ciò che desidera o teme. Cosa credi che ci sia di diverso tra me e te?

– Non c'è nulla di più antipatico e di cattivo gusto che ricorrere ad argomenti quantitativi e fisiologici, ma tu mi obblighi a farlo. L'uomo è l'essere vivente il cui cervello ha maggior peso, maggior numero di circonvoluzioni, miliardi di neuroni, collegamenti interni, terminazioni nervose. Ne consegue che quanto a capacità di pensiero il cervello umano non ha rivali al mondo. Mi dispiace, ma questi sono fatti.

La tartaruga: – Per vantare primati, io potrei tirare in ballo quello della longevità, che mi dà un'idea del tempo quale tu

cannot be cast into doubt: namely, that language is one of the faculties specific to man; consequently, human thought, based on the mechanisms of language, cannot compare to the mute thought of you tortoises.'

'Admit it, Man: you think that I don't think.'

'I can neither confirm nor deny this. But even if we could prove that thought exists inside your retractable head, I must take the liberty of translating it into words to allow it to exist for others as well, besides yourself. Just as I am doing at this moment: lending you a language so that you can think your thoughts.'

'I take it you manage effortlessly. Is it because you are generous, or because you are convinced that a tortoise's capacity to think is inferior to your own?'

'Let's just say it's different. Thanks to language, Man can conceive of things that are not present, things he hasn't seen and never will, abstract concepts. Animals, one assumes, are imprisoned by a horizon of immediate sensations.'

'Nothing could be further from the truth. The most basic of mental functions, the one governing the search for food, is triggered by a lack, by absence. Every thought rises from what's not there, by comparing something seen or heard with a mental representation of what is feared or desired. What do you think the difference is between you and me?'

'There is nothing more disagreeable or in poor taste than resorting to quantitative and physiological arguments, but you force my hand. Man is the living being with the most significant brain, with the greatest number of circumvolutions, billions of neurons, internal connections, nerve endings. The human brain, consequently, in its capacity to think, is unrivalled in this world. I'm sorry, but these are facts.'

The tortoise: 'If we are going to boast, I could bring up my record longevity, which gives me a sense of time you

non riesci a concepire; o anche quello della produzione d'un guscio che supera in resistenza e perfezione di disegno le opere dell'arte e industria umane. Ma il punto non è questo. È che l'uomo, come portatore d'un cervello speciale e utente esclusivo d'un linguaggio, fa pur sempre parte d'un tutto più vasto, l'insieme degli esseri viventi, interdipendenti tra loro come gli organi d'un unico organismo, al cui interno la funzione della mente umana risulta esser quella d'un dispositivo naturale al servizio di tutte le specie, al quale dunque spetta di interpretare ed esprimere un pensiero accumulato in altri esseri di più sicura ragionevolezza, come le antiche e armoniose tartarughe.

Palomar: – Di questo sarei ben fiero. Ma allora andrò più in là. Perché fermarci al regno animale? Perché non annettere all'io anche il regno vegetale? All'uomo spetterebbe di pensare e parlare anche a nome delle sequoie e delle crittomere millenarie, dei licheni e dei funghi, del cespuglio d'erica in cui t'affretti a nasconderti, incalzata dai miei argomenti?

– Non solo non m'oppongo, ma ti sopravanzo. Al di là della continuità uomo-fauna-flora, un discorso che si presuma universale dev'essere insieme il discorso dei metalli e dei sali e delle rocce, del berillo, del feldspato, dello zolfo, di gas rari, della materia non vivente che costituisce la quasi totalità dell'universo.

– È là appunto che volevo portarti, tartaruga! Guardando il tuo poco muso affacciarsi e ritrarsi da tanto guscio, ho sempre pensato che tu non riuscissi a deciderti dove finisce per te il soggettivo e dove comincia il mondo fuori di te: se c'è un tuo io che abita dentro il guscio o se il guscio è l'io, un io che contiene in sé il mondo esterno, la materia inerte diventa parte di te. Ora che sto pensando il tuo pensiero, so che il problema non si pone: per te non c'è differenza tra io e guscio, dunque tra io e mondo.

– Lo stesso vale per te, uomo. Arrivederci.

can't imagine; or even my shell, a product that, in endurance and perfection of design, surpasses human works of art and industry. But this is beside the point, which is that Man, who bears a special brain, and is the exclusive user of language, still forms part of a greater whole, an entirety of living beings, each interdependent, like the organs of a single organism. Within that whole, the function of the human mind appears to be a natural device at the service of all species, responsible for interpreting and expressing the accumulated thoughts of other beings more steadfast in their reasoning, such as the ancient and harmonious tortoise.'

Mr Palomar: 'I would be quite proud of this. But I'll go even further. Why stop at the animal kingdom? Why not annex the plant kingdom into the I? Would Man be expected to think and speak for the sequoias, the thousand-year-old cryptomeria, the lichens, the fungi, the heather bush into which you, hounded by my arguments, now rush to hide?'

'Not only do I not object, I'll go a step further. Beyond the Man–fauna–flora continuum, any discourse presumed to be universal must include metals, salts, rocks, beryl, feldspar, sulphur, rare gases and all the non-living matter that constitutes the near-totality of the universe.'

'That's just where I wanted to take you, Tortoise! Watching your little snout poke in and out of all that shell, I've always thought you were unable to determine where your subjectivity ends and where the outside world begins: if you have an I that lives inside the shell, or if that shell is the I, an I that contains the outside world within it, then the inert matter becomes part of you. Now that I am thinking your thoughts, I realize we don't have a problem: for you there's no difference between the I and the shell, that is to say, between the I and the world.'

'The same applies to you, Man. Goodbye.'

FAUSTA CIALENTE

Malpasso

Malpasso si chiama la strada là dove gira sullo spigolo del
monte, scavata nella roccia a cui sono addossate le case
che dall'alto si specchiano nel fiume. Le case torreggianti
sembrano costruite le une sul tetto delle altre, e sotto vi corre
un basso porticato, cosí che d'inverno e d'estate si può fare
il Malpasso al riparo dall'acqua e dal sole: d'estate la roccia
soffia vampate ardenti e d'inverno la neve e la tramontana vi
danzano in fischianti mulinelli.

Nel fiume si guarda dall'alto come dentro a un pozzo; esso
disegna in quel punto una curva profonda, il largo e limpido
specchio delle case. Lontano, fra le colline che dolcemente
s'inclinano e s'aprono, ordinate come le quinte di una scena,
si vedono altre curve, piú morbide, d'acqua lenta e lucida.
È la bella vista del paese e per questo sotto il portico hanno
fatto, in antico, il caffè del Malpasso, con quelle ampie
finestre che anche d'inverno rimangono senza imposte. La
strada principale che finisce in piazza, comincia lí, al riparo,
appena svoltato l'angolo. Il Malpasso ha i suoi clienti, che
sono sempre gli stessi, e se al caffè del teatro vanno il dottore,
il capitano, i magistrati, al Malpasso vengono il veterinario,
il farmacista, gli uscieri.

Il vecchietto è considerato uno dei nuovi, nonostante
sia lí da due anni, ogni giorno seduto alle stesse ore vicino
alla finestra. Il velluto rosso dei banchi che fanno il giro

Malpasso

Malpasso is the name of the road that winds up the side of the mountain. It's carved into the same rock to which the houses cling and cast their reflections in the river far below. Built, it seems, one on top of the other, the houses resemble a tower, and beneath them is a low portico that shields the Malpasso from the rain and sun in both winter and summer. Gusts of blazing heat burst off the rock in summer, and in winter, the snow and the north wind dance upon it in a whistling swirl.

From that height, looking down at the river is like peering into a well, and at that juncture the river curves sharply to create a wide clear mirror reflecting the houses. Farther off, among the gently rising and expanding hills – neatly organized like the wings of a theatre – one sees other, milder curves where the water flows languidly and shimmers brightly. This is the town's most beautiful view and so, long ago, there under the portico they had built the Malpasso Caffè, its large windows shutterless even in winter. The main street begins there, rounds a bend and culminates in a more sheltered piazza. The Malpasso's clientele is always the same. The veterinarian, the pharmacist and the bailiff frequent the Malpasso, while the doctor, the captain and the lawyer all go to the Theatre Caffè.

The old fellow was considered one of the newest customers, even if he had been coming to the Malpasso every day at the same time for two years now, always sitting in the same spot by the

delle pareti è tignoso, il tavolato sconnesso, gli specchi annebbiati. Ma il paese è bello, in primavera il cielo mite appare ingentilito dalle nuvole e sulle colline vagano le nebbie del fiume; mentre d'inverno le acque gelano tra le sponde di neve indurita e di notte si ode crepitare il ghiaccio.

Il vecchio aveva avuto, all'inizio, un'accoglienza misurata, sebbene non ostile. Non si sapeva di dove venisse. Un funzionario a riposo – ma questo si seppe dopo. Abitava dietro la chiesa e lo disturbavano, un poco, le campane. (Però le campane coprono gli strilli di una moglie collerica che grida con voce aspra, continua; e questo l'avevano raccontato i casigliani.) Al Malpasso, invece, lui ci stava bene: né moglie né campane. Si leccava le labbra, soddisfatto, lasciandole un poco bagnate. Ci stava quanto poteva, al Malpasso, e ora piú che mai, con gente che s'era rivelata benevola, ciarliera, costumata; un po' chiassosa a certe ore, quando venivano i giovani per il biliardo e accendevano la radio. I vecchi facevano interminabili partite a carte, a domino, a dadi. E lui capitava ogni giorno con l'aria di uno che è scappato di casa, la sciarpa di lana avvolta intorno al collo, la bombetta calzata fino alle orecchie. Veniva rasente i muri, correndo quasi, tutto affannato andava a sedere al suo posto: tanto gli piacevano il fiume e le colline. Un privilegio, quel paesaggio. Ne parlava alzando le mani, con qualche citazione in latino, e dopo qualche tempo tutti lo chiamarono 'il professore'.

Al primo inverno aveva indossato un vecchio cappotto con un bavero di pelo rossiccio, un po' spelato, ma la tosse lo aveva preso lo stesso e gli era durata settimane. Gli attacchi lo scuotevano come un fuscello; poi si asciugava gli occhi col fazzoletto, davanti a un bicchiere di grog fumante. Ci

window. The red velvet upholstery covering the seats along the walls was shabby, the planks in the wooden floor were loose, the mirrors foggy. But the town was beautiful and, in the spring, the mild sky was further softened by the clouds, while mists rising off the river drifted across the hills. In winter, the river froze between banks of hardened snow, and at night one heard the ice cracking.

Initially the old man was given a measured, if not actually hostile, welcome. No one knew where he had come from – a retired bureaucrat, but this became known only later. He lived behind the church and was somewhat bothered by the bells (however – and this is what the neighbours said – the bells drowned out the shrieks of an angry wife who used her bitter voice to yell incessantly). Instead, at the Malpasso he was happy; no wife, no bells. Contented, he licked his lips, leaving them a little moist. He stayed for as long as he could at the Malpasso, together with people who had increasingly shown themselves to be kind, talkative and polite. At certain times, when the young people came to play billiards and turned on the radio, it could get a bit boisterous. The elderly played interminable games of cards, dominoes and dice. Every day, the old man showed up looking as if he had run away from home, his wool scarf wrapped around his neck, his bowler hat pulled down to his ears. Having scooted along the walls in a near-sprint, he arrived completely out of breath and went to sit in his usual place, where he loved to look out at the river and hills. That landscape was a privilege. He always talked about it while gesturing with his hands, inserting a Latin phrase here and there. After a while everyone began to call him 'The Professor'.

At the first hint of winter he put on an old coat with a red fur collar, yet he still managed to come down with a cough that lasted for weeks. Whenever he was overcome by a coughing fit, he shook like a twig, then dried his eyes on a handkerchief before having a glass of steaming grog. He was

stava bene, al Malpasso, lui. Il giovane veterinario, che l'aveva preso a benvolere, gli aveva prescritto un rimedio, e gli altri, neghittosi e ilari, l'avevano canzonato: 'Guardate che impegno, ci mette. O non curi le bestie, tu?'

Anche il vecchietto rideva. Bestia era, sicuro. Aveva preso moglie. E che moglie! Messo in confidenza aveva cominciato a parlare, un poco reticente; e gli altri l'avevano punzecchiato, perché raccontasse. Era un vecchietto divertente, e l'idea di quella moglie-spaventapasseri li divertiva pure.

Nessuno l'aveva mai veduta, ma si sapeva che era maligna e comandava a bacchetta. In casa lui non ci poteva stare, nemmeno seduto in un angolo, zitto; né serviva fingersi addormentato o ammalato. Una vita impossibile, ecco. Anni che non ingoiava un boccone in pace, con quella donna intorno, brutta, velenosa, aggressiva. Quando gli riusciva di entrare in casa non visto, andava quatto quatto a scoperchiare la pentola in cucina, beveva la minestrina in una tazza, pescava le polpette nel tegame. La moglie faceva le sue scene, dopo; ma sulla digestione lo disturbavano meno. Poi, per qualche tempo, lei montava la guardia come un drago e tutto chiudeva negli sportelli, tenendosi le chiavi in tasca. Le coperte dai letti le toglieva quando aveva caldo, le metteva quando aveva freddo, e siccome era grossa e sudava sempre, in aprile e in novembre lui batteva i denti: la notte si buttava il cappotto addosso, dopo spenta la luce, se no la moglie gridava. Avara, avrebbe cavato sangue da un'acciuga, e tanto palpava i soldi che le uscivano lustri dalle dita.

Finché uno disse: 'Ma voi, perché l'avete sposata?' e il vecchietto divenne triste, si confuse. Durante qualche giorno non parlò della moglie, tornò ad appassionarsi al paesaggio, a vantare il Malpasso. Poi vennero altre

happy at the Malpasso. The young veterinarian, who had taken a shine to the old man, gave him a prescription, and the others, laid-back and light-hearted, had teased him: 'How well you take care of him. Isn't it animals you look after?'

Even the old man laughed. He was certainly an animal. He had a wife. And what a wife! Feeling a bit more at ease, he began to talk, even if reluctantly, but the others had been needling him to tell his story. He was an amusing old man and the idea of that scarecrow-wife amused them too.

No one had ever seen her, but everyone knew that she was spiteful and ruled with a stick. He couldn't stay in his house even if he sat in a corner and said nothing, nor did it do any good to pretend to be asleep or sick. It was simply an impossible life, years of never being able to swallow a bite of food in peace with that ugly, poisonous, aggressive woman around. When he managed to enter the house without being seen, he would sneak into the kitchen, lift the lid off a pot, get himself a cup of soup, then fish some meatballs out of a casserole dish. Later, his wife would make one of her scenes, but eventually her outbursts stopped upsetting his stomach so much. For a long spell afterward she would, like a dragon, stand guard, and she locked everything away in the cupboards, keeping the key in her pocket. When she felt hot, she removed the bed covers, and when she felt cold, she put them back on. But because she was fat and always sweating, the old man's teeth chattered through the night in April and November; after the lights went off he would put on his winter coat so that his wife wouldn't yell at him. Avaricious, she could squeeze blood from a sardine, and she caressed her coins so often, they sparkled when leaving her hands.

Finally someone said to him, 'But why did you marry her?' and the old man became sad and confused. For a few days afterward, he didn't mention his wife, and he went back to expressing his passion for the landscape and praising the Malpasso. Other

confessioni, esitanti, come se avesse da lottare contro un
malinconico pudore. La moglie aveva avuto, sui trent'anni,
una grave malattia. Prima di ciò, oh, era stata una cara
donna, una bella e dolce sposa. Con parole frettolose
sembrava volersi scusare di tenersela com'era adesso,
maligna e rapinosa, ma lui ne aveva sposato un'altra, e, si
sa, i ricordi del cuore . . . Nessuno avrebbe potuto vedere
nella donna le sue antiche sembianze, ma lui sí, lui che per
qualche anno era stato felice. S'imbambolava, diventava
patetico. A forza di domande e risposte tesseva una trama
nuova, delicata, in cui baluginava l'oro della giovinezza, e
un fantasma candido, vaporoso, navigava come un cigno
nell'aria affumicata del Malpasso.

Tutti lo ascoltavano, specialmente i giovani: una
bella sposa, mite, fresca, con voce vellutata e casti
abbandoni. I primi anni – una giovinetta, era! – portava
la treccia sul vestito, un vestito celeste, e cantava.
Alzando le mani come per le citazioni in latino:
cantava! – diceva, quasi fosse stata una magía, la
porta di un regno fatato, chiuso per sempre. I giovani
insistevano: l'intimità in cui penetravano, serbava,
nonostante gli anni, un profumo eccitante. Amavano
la bella donna, le sue braccia bianche, la sua graziosa
fedeltà, il suo dolce sudare. Sudava, anche allora, ma non
per questo toglieva le coperte al marito. E stava in cucina,
ma lietamente, a sgranare piselli con le dita rosee e
carezzevoli.

Il bel fantasma governò, per qualche tempo, la gente del
Malpasso. Ogni giorno un tocco: un fiore nei capelli, un
anellino al dito, un merletto, una piuma. Tutti sapevano,
oramai, come la bella stesse al davanzale, un garofano
sull'orecchio. Fortunato vecchietto!

Ma fu uno spasso che terminò abbastanza presto. Un

confessions ensued, hesitantly, as if he had to fight against a melancholic modesty. When she was in her thirties, his wife had suffered from a grave illness. Before that, oh, she had been a darling woman, a sweet, beautiful bride. In the rush of his words, he seemed to want to excuse himself for keeping her the way she was now, spiteful and tempestuous, but he had married a different woman, and, well, everyone knows about the heart's memory . . . No one could have detected in that woman her old self, but he could, he who had been very happy with her for a few years. He then became dazed and pathetic. As a result of all the questions and answers, he weaved a new pleasurable plot in which the gold of youth shimmered while a white, wispy ghost sailed like a swan through the Malpasso's smoky atmosphere.

Everyone was listening to him, especially the young people – a beautiful young bride, gentle and fresh-faced, with a velvety voice and chaste abandon. Those first years – what a beautiful young thing! – she had a long braid that fell down over her sky-blue dress and she sang. He lifted up his hands as he did when quoting Latin: *She sang!* It was as if by some sorcery the door to a fairy kingdom had been sealed off forever. The young people urged him on. Despite the passage of time, the intimacy they were witnessing was still an exciting elixir. They loved the beautiful woman, her white arms, her gracious devotion, her sweet perspiration. She had sweated even then, but this wasn't what had motivated her to take the blankets off her husband. And she was often in the kitchen then too, but joyfully, shelling peas with her caressing pink fingers.

This beautiful ghost reigned over the Malpasso clientele for some time. Every day there was a new touch: a flower in her hair, a delicate ring on her finger, some lace, a feather. By now, everyone knew how the beautiful woman had once stood at the window-sill with a geranium over her ear. What a lucky old man!

This entertainment, however, soon came to an end. One day

giorno che i vecchi sedevano, come sempre, intorno al
tavolino, il naso sulle carte sbertucciate, lanciando ogni tanto
una voce stizzosa a quelli del biliardo perché facevano troppo
chiasso, dalla porta a vetri entrò cautamente una donna alta e
massiccia, vestita di nero. Reggeva una sporta da cui sbucava
un ciuffo di sedani, in testa aveva un cappellaccio informe
e aride ciocche di capelli grigi inquadravano un viso giallo e
amaro. Non s'avvicinò al banco, lentamente fece il giro della
sala, si fermò al tavolino dei vecchi e immobile rimase a guar-
darli, reggendo la sporta con le due grosse mani. Il vecchietto
allibí, ma senza fiatare, e ritirando la testa nel collo, il collo
nel bavero del cappotto, sembrò voler scivolare dalla seggiola
sotto il tavolino. E da ciò compresero, gli astanti, che quella
doveva essere la moglie.

Brutta se l'erano figurata; ma non tanto! Ne furono
indignati, e poiché dall'aver a lungo seguito un bel
fantasma la realtà ora li disturbava, la guardarono
anch'essi in malo modo: ma la donna non badò alle
occhiate né alle parole, né a che il veterinario s'era alzato
per offrirle il posto. Dondolando appena la sporta con
le mani nocchiute, teneva il marito dentro uno sguardo
fermo e minaccioso.

Poi, movendo appena le labbra, prese a interrogarlo. Una
domanda sull'altra, senza lasciargli il tempo di rispondere:
era quello il suo quartiere generale, no? Già lo sapeva. Lí
veniva a raccontare le sue panzane, il vecchio scimunito. Oh,
sapeva tutto, lei. E non gliene importava molto, a dire il vero.
Ma perché doveva attribuirsela tutta lui, la bella parte? Un
matrimonio non va sempre bene, si sa, e se lui non era stato
contento, nemmeno lei lo era stata. La sorte! Ma questo non
concerneva i 'signori'.

Parlando non li guardò, come se non ci fossero, i
'signori'. I suoi occhiacci non abbandonavano il marito che

when the old people were sitting, as they usually did, around
a table with their noses in their tattered cards, occasionally
shouting peevishly at those playing billiards to stop their
ruckus, a tall, massive woman dressed in black came cautiously
in through the glass door. A clump of celery stalks protruded
out of her shopping bag. She wore an ugly shapeless hat and
brittle, grey, unkempt locks of hair framed a sour yellow face.
She didn't go near the bar, moving slowly about the room
until she stopped in front of the table of old men, remaining
perfectly still as she stared at them, her two large hands
clutching the shopping bag. The old man turned white, holding
his breath, and pulled his head down further into the collar of
his coat. He appeared to want to slide off of his seat and under
the table. The onlookers understood that she must be his wife.

They had imagined her to be ugly, but not this ugly! They
were indignant, and since they'd chased after a beautiful ghost
for all this time, the reality of her now disturbed them and
they too looked at her suspiciously. But the woman paid no
attention to either their glares or their words, nor did she
notice when the veterinarian stood up to offer her his seat. The
shopping bag she held in her gnarled hands swayed slightly as
she held her husband in a fixed and threatening stare.

Finally, her lips barely moving, she began to interrogate him.
One question followed another without his having a chance to
answer even one of them. So this was his headquarters, right?
She knew it was here that he came to spin his tall tales, the old
fool. Oh, she knew everything. And she didn't much care, to tell
the truth. But why was he the one that came off looking good
in the story? Marriage notoriously doesn't always work out, and
he might not be happy, but neither was she. Fate! In any case,
these 'gentlemen' had no business interfering.

As she spoke she didn't look at anyone else, as if the
'gentlemen' were not there. Her glare was reserved for her

continuava a rannicchiarsi dentro la seggiola, allungando le gambe sotto la tavola, scivolando pian piano là sotto. Quello che dovevano sapere, invece, è che lei è sempre stata cosí, né mai ha sofferto malattie. Una salute di ferro. Brutta è sempre stata e di carattere duro, inutile nasconderlo. Ognuno nasce col suo destino, e lui se l'è sposata cosí, piú giovane soltanto e con un bel po' di quattrini. I quattrini ci sono sempre, la moglie anche. La vita non è rosea. Mai fu rosea né migliore.

S'accorse d'avere la seggiola vuota accanto e la mandò in là cavando dall'orlo della sottana un grosso piede. Gli uomini sgranarono tanto d'occhi. Che piede, la sposa! Anche i giovani s'erano accostati, tenendo in mano le lunghe stecche del biliardo. La donna continuava a parlare a bassa voce: non era venuta per fare una scena lei, voleva mostrarsi quale sapeva essere: civile. Ma raccontare le cose quali sono, tuttavia. Non si sa dove si può finire, con tanta immaginazione, il vecchietto legge ancora adesso tutti quei libri che gli guastano il cervello. Non vorrebbe, lei, che un giorno si vantasse di averla rapita e sedotta, a diciott'anni, quando invece è andata a nozze dopo i trenta, ma onorata, con un bel contratto in separazione di beni per cui il marito ha avuto poco da scialare, a sue spese; e di ciò le ha sempre tenuto rancore. Ah, s'è inventato una sposa carina, coi garofani nei capelli? Questo a lei non fa comodo e non piace. I signori, poi, non ci fanno una bella figura a star lí a sentire tante minchionerie.

Fece un brutto sorriso in cui balenarono i denti arrugginiti, volse le spalle e andò, senza salutare nessuno. Lo scricchiolio del tavolato l'accompagnò fino alla porta, un colpo secco e i vetri tintinnarono lungamente. Al Malpasso il vento l'acchiappò, videro che alzava le due

husband, who continued to shrink down in his chair, sliding down slowly and stretching his legs ever deeper under the table. What they needed to know, she went on, was that she had always been like this, had never suffered any illness. She was as healthy as an ox. She had always been ugly and tough, it was useless to pretend otherwise. Everyone is born with a destiny, and he married her as she was, only a little younger and with quite a bit of money. The money was still there and so was the wife. Life isn't rosy. And had never been rosy, nor any better than it was now.

She noticed the empty chair next to her. A large foot emerged from beneath the hem of her long skirt and kicked it away. The men's eyes widened noticeably. What a foot that bride has! Even the young men, holding their long billiards sticks, gathered closer. The woman continued to speak quietly. She hadn't come to make a scene. She wanted to show what she knew herself to be – a civil woman. However, she also wanted to set the story straight. When one had such an enormous imagination, one never knew how far a story would go, and the old man still read all those books that had ruined his brain. She wouldn't want for him to one day boast about having abducted and seduced her at eighteen, when instead she had married him at over thirty, but honourably so, accompanied by a healthy prenuptial agreement in which her husband was given access to very little of her money to squander. He had, of course, always resented this. Ah, so he had invented a cute little bride with geraniums in her hair? She didn't like this, nor did she find it convenient. The gentlemen were embarrassing themselves by sitting there listening to all his drivel.

She smiled nastily, flashing her rotten teeth, then turned and left without saying goodbye to anyone. The creaking floorboards accompanied her all the way to the door, which she slammed behind her, the glass tinkling for a good while afterward. In front of the Malpasso, she was hit by a gust of

mani e la sporta per tenersi il cappello, e scomparve con quel ciuffo di sedano che le ballonzolava sulla testa.

*

Al tramonto il vento cadde. Appoggiato al parapetto sul fiume il vecchio si fermò a guardare il paesaggio. Quanto avrebbe fatto meglio ad accontentarsene, invece di lasciarsi prendere dalle solite debolezze! La vita è quel che è: cosí la moglie, cosí il fiume e le colline. Invece, l'avevano tanto canzonato . . . E chissà per quanto tempo ancora si sarebbero vendicati, quelli, giacché certamente pensavano d'essere stati presi in giro.

Il veterinario che l'accompagnava, impietosito, disse: 'Cercheremo di non parlarne piú . . . Ma avete fatto mate. Perché le ore sono lunghe, al Malpasso, e le cose durano.'

Il vecchietto batteva le palpebre, ingoiava ogni tanto la saliva. Mormorò alla fine: 'È che . . . mi ero abituato anch'io, oramai. E mi . . . faceva bene. Proprio come se fosse stato.'

L'altro lo prese sottobraccio e andarono giú verso il ponte. I fantasmi sono una cosa privata, bisogna coltivarseli in silenzio. Un vecchio con la sua esperienza avrebbe dovuto saperlo: con i fantasmi non si possono riparare, agli occhi della gente, gli sbagli, i compromessi di una volta.

'Ora soffre una specie di vedovanza,' pensò il giovane, e camminando lo spiava in faccia. Invece gli sembrò ancora tutto entusiasmato per quel paesaggio. Ma è giusto che i vecchi sentano cosí acutamente la natura: eternamente essa rimane, quando loro non ci sono piú, e questa incrollabile certezza li consola.

wind and they saw her raise her hands and the shopping bag in order to keep her hat on. She then disappeared, that bunch of celery bouncing on top of her head.

*

At sunset the wind died down. Leaning against a railing near the river, the old man paused to look at the landscape. How much better it would have been if he had just contented himself with the view instead of letting himself be dominated by his usual weaknesses! Life is what it is, his wife is what she is, the river and hills are what they are. Instead, they had made a mockery of him . . . And who knew how long those who surely believed they too had been ridiculed would hold it against him?

Out of pity, the veterinarian, who had accompanied him, said: 'Let's try not to talk about it any more . . . But you made a mistake. The hours are long at the Malpasso and things last.'

The old man blinked his eyes and swallowed now and again. Finally he mumbled, 'It's just that . . . by now I was convinced of it myself. And it . . . did me good. Almost as if it had really happened.'

The other man took his arm and they made their way to the bridge. Ghosts are a private thing and should be cultivated in silence. Someone as old as he is should have known this. Ghosts can't be used to remedy what others see as our mistakes, the compromises we once made.

'Now he is suffering like a widower,' the young man thought, and walking beside him he stole a glance at his face. Instead, the old man still appeared to be entirely transported by that landscape. And it is right that old people experience nature so intensely, because when they are gone, it remains eternally, and the unwavering certainty of this reassures them.

GRAZIA DELEDDA

La cerbiatta

'Una volta,' raccontava Malafazza, il servo di Baldassarre
Mulas, al mercante di bestiame recatosi nell'ovile
Mulas per acquistare certi giovenchi, 'il mio
padrone era, si può dire, un signore. Abitava quella
casa alta col balcone di ferro che è a fianco della
chiesa di San Baldassarre, e sua moglie e sua figlia
avevano la gonna di panno e lo scialle ricamato
come le dame. La ragazza doveva appunto sposare
un nobile, un riccone così timorato di Dio che non
parlava per non peccare. Ma il giorno prima delle
nozze la moglie del padrone, una bella donna ancora
giovine, fu vista a baciarsi dietro la chiesa con un
ragazzetto di vent'anni, un militare in permesso. Ohi,
che scandalo! Non s'era mai sentito l'eguale. La figlia
fu piantata e morì di crepacuore. Allora il mio padrone
cominciò a passare settimane e mesi e stagioni intere
nell'ovile, senza mai tornare in paese. Non parla quasi
mai, ma è buono, persino stupido, a dir la verità! I cani,
il gatto, le bestie sono i suoi amici! Persino coi cervi se la
intende! Adesso s'è fatta amica appunto una cerbiatta, alla
quale son stati forse rubati i figli appena nati, e che per la
disperazione, nel cercarli, arrivò fin qui. Il mio padrone è
così tranquillo che la bestia s'avvicinò a lui; quando vede
me, invece, scappa come il vento: ha ragione, del resto;

The Hind

'At one time,' Baldassare Mulas' servant Malafazza was saying
to the cattle dealer who had come to the Mulas' place to acquire
certain bullocks, 'my master was what you could call a proper
gent. He used to live in that tall house with the wrought-iron
balcony that's next to the church of San Baldassare, and his wife
and daughter wore cloth skirts and embroidered shawls, like
real ladies. The young girl was supposed to marry a nobleman,
in fact, a moneybags who was so afraid of God that he hardly
ever opened his mouth for fear of committing a sin. But the
day before the wedding the master's wife, who was a beautiful
woman and still young at the time, was seen behind the church
kissing a lad of no more than twenty, a soldier home on leave.
What a scandal that was! We'd never seen the like of it in these
parts before. The daughter was dumped after that, and died of a
broken heart. From then on, my master started to spend weeks
and months and whole seasons with the sheep, not going back
to town at all. He hardly ever speaks, but he's all right – a bit of a
simpleton, to tell the truth! The dogs, the cat, other animals are
all his friends! He even gets on with wild deer! At the moment
he's befriended a young hind whose fawns were probably stolen
from her soon after they were born, and who came all the way
here desperately looking for them. My master is so placid that
this creature comes right up to him. When she catches sight of
me, though, she's off like the wind. And it's just as well, since I'd

se posso la prendo viva e la vendo a qualche cacciatore. Ma ecco il mio padrone . . .'

Baldassarre Mulas si avanzava attraverso la radura verde, col cappuccio in testa e una gran barba bianca, piccolo come un nano dei boschi. Al suo richiamo le belle vacche grasse e i giovenchi rossi ancora selvatici s'avvicinavano mansueti, lasciandosi palpare i fianchi e aprire la bocca, e il cane terribile scodinzolava come se nel mercante riconoscesse un amico.

Il contratto però non si poté concludere. Sebbene Malafazza il servo, un ragazzaccio sporco e nero come un beduino, avesse dipinto il suo padrone come uno stupido, questi dimostrò di saper fare i propri affari non smuovendosi dai prezzi alti dapprima domandati; e il mercante dovette andarsene a mani vuote.

Il servo, che tornava come ogni sera in paese, lo accompagnò per un tratto e da lontano il padrone li vide a gesticolare ed a ridere: forse si beffavano di lui; ma a lui oramai non importava più nulla dei giudizi del prossimo. Rimasto solo ritornò verso la capanna, depose una ciotola di latte fra l'erba della radura, e seduto su una pietra si mise a ritagliare una pelle di martora.

Tutt'intorno per la vasta radura verde della nuova erba di autunno era una pace biblica: il sole cadeva roseo sopra la linea violetta dell'altipiano del Goceano, la luna saliva, rosea dai boschi violetti della terra di Nuoro. L'armento pascolava tranquillo, e il pelo delle giovenche luceva al tramonto come tinto di rosso; il silenzio era tale, che se qualche voce lontana vibrava pareva uscisse di sotterra. Un uomo dall'aspetto nobile, vestito di fustagno, ma con la berretta sarda, passò davanti alla capanna guidando due buoi rossicci che

catch her if I could and sell her to some hunter or other. But here comes my master now . . .'

Baldassare Mulas advanced across the green plain wearing a cap and sporting a great white beard, as short in stature as a woodland gnome. In response to his call the lovely fat cows and still wild red bullocks approached docilely, letting him touch their flanks and open their mouths, and the fierce-looking mastiff wagged its tail as if recognizing a friend in the cattle dealer.

A deal, however, could not be concluded. For although the servant Malafazza – a filthy scoundrel, as dark as a Bedouin – had portrayed his master as a fool, the latter proved to be well enough equipped to handle his own business affairs, not budging from the high price he'd originally quoted to the dealer, and obliging him to leave empty-handed.

The servant, who was heading back to town as he did every evening, kept the dealer company for some of the way, and the master saw from a distance how he was gesturing and laughing – having some fun at his expense, perhaps – but he was past caring about what others thought of him. Left alone, he headed back to the hut, placed a bowl of milk on the grass in the clearing, and, sitting on a rock, began to cut strips from the skin of a pine marten.

All around the vast plain, green with the new grass of autumn, there was a biblical calm; the sun was setting rose-coloured above the violet line of the plateau of Goceano; the rose-coloured moon was rising from the violet woods of the lands of Nuoro. The herd was grazing tranquilly, and the hides of the heifers were lit by the sunset, as if dyed red. The silence was such that if some distant voice reverberated, it seemed as if it were coming from underground. A man of aristocratic appearance passed in front of the hut, wearing a moleskin suit, but with a Sardinian beret, leading two reddish oxen dragging

trainavano l'antico aratro dal vomero argenteo rivolto
in su. Era un nobile povero che non sdegnava di arare
e seminare la terra. Senza fermarsi salutò il vecchio
Baldassarre.

'Ebbè, l'hai veduta oggi la tua innamorata?'

'Ancora è presto: se non ha fame non s'avvicina, quella
diavoletta.'

'Che fai con quella pelle?'

'Un legaccio per le scarpe. Ho scoperto che la pelle di
martora è più resistente di quella del cane.'

'Prende più pioggia, guarda un po'! Be', statti con Dio.'

'E tu va con Maria.'

Sparito l'uomo col suo aratro lucente come una croce
d'argento, tutto fu di nuovo silenzio; ma a misura che il
sole calava, il vecchio guardava un po' inquieto verso la
linea di macchie in fondo alla radura, e infine smise la sua
faccenda e rimase immobile. Le vacche si ritiravano nelle
mandrie, volgendosi prima come a guardare il sole sospeso
sulla linea dell'orizzonte: vapori rossi e azzurri salivano, e
tutte le cose, leggermente velate, avevano come un palpito
di tristezza: i fili d'erba che si movevan pur senza vento
davan l'idea di palpebre che si sbattono su occhi pronti a
piangere.

Il vecchio guardava sempre le macchie di alaterno in
fondo alla radura. Era verso quell'ora che la cerbiatta
s'avvicinava alla capanna. Il primo giorno egli l'aveva veduta
balzar fuori dalle macchie spaventata, come inseguita dal
cacciatore: s'era fermata un attimo a guardarsi intorno coi
grandi occhi dolci e castanei come quelli di una fanciulla,
poi era sparita di nuovo, rapida e silenziosa, attraversando
come di volo la radura. Era bionda, con le zampe che
parevan di legno levigato, le corna grige, delicate come
ramicelli di asfodelo secco.

an ancient plough with its silvery shares turned upwards. He was an impoverished gentleman farmer who was not above ploughing and planting the land himself. Without stopping, he greeted old Baldassare.

'So, have you seen your sweetheart today?'

'It's still too early: if she isn't hungry that little she-devil won't put in an appearance.'

'What are you doing with that pelt?'

'Making laces for my shoes. I've discovered that the skin of a marten is more durable than dogskin.'

'It can take more rain, you'll see! Well, God be with you.'

'And Mary with you.'

Once the man with his plough shining like a silver cross had vanished, everything was silent again; but as the sun was going down the old man gazed a little anxiously towards the line of scrub at the far end of the plain, and finally stopped what he was doing and remained motionless. The cows were retreating into their herds, turning first to look at the sun suspended above the line of the horizon: red and blue mists were rising, and everything, lightly veiled in them, seemed to give a shudder of sadness; the grass blades that moved despite there being no wind resembled eyelids blinking over eyes that were on the verge of tears.

The old man kept looking at the patches of invasive vegetation at the far end of the plain. It was around this hour that the hind would approach the hut. The first time he had seen her she had leapt terror-stricken out of the overgrown weeds, as if pursued by a hunter. She had paused for a moment, looking around her with big, gentle, chestnut-coloured eyes like those of a girl, before vanishing again swiftly and silently, crossing the clearing as if flying over it. She was fawn-coloured, with legs that looked like polished wood, and grey horns as delicate as the stems of dried asphodels.

Il secondo giorno la sosta fu appena più lunga. La cerbiatta vide il vecchio, lo guardò e fuggì. Quello sguardo, che aveva qualcosa di umano, supplichevole, tenero e diffidente nello stesso tempo, egli non lo dimenticò mai. Di notte sognava la cerbiatta che fuggiva attraverso la radura: egli la inseguiva, riusciva a prenderla per le zampe posteriori, e la teneva, palpitante e timida, fra le sue braccia. Neppure l'agnellino malato, neppure il vitellino condannato al macello, mai la martora ferita o la lepre di nido gli avevan dato quella tenerezza struggente. Il palpito della bestiuola si comunicava al suo cuore; egli tornava con lei alla capanna solitaria e gli pareva di non esser più solo al mondo, sbeffeggiato e irriso persino dal suo servo.

Ma nella realtà purtroppo non avveniva così: la cerbiatta si avvicinava un po' più ogni giorno, ma se appena vedeva il servo o qualche altro estraneo, o se il vecchio accennava a muoversi, si slanciava lontana come un uccello dal basso volo, lasciando appena un solco argenteo fra i giunchi al di là della radura. Quando invece il vecchio era solo immobile sul suo sgabello di pietra, ella si attardava, diffidente pur sempre, brucando l'erba ma sollevando ogni tanto la bella testina delicata; ad ogni rumore trasaliva, si volgeva rapida di qua e di là, saltava in mezzo alle macchie: poi tornava, s'avanzava, guardava il vecchio.

Quegli occhi struggevano di tenerezza il pastore. Egli le sorrideva silenzioso, come il Dio Pan doveva sorridere alle cerbiatte delle foreste mitologiche: e come affascinata anch'essa da quel sorriso la bestiuola continuava ad avanzarsi lieve e graziosa sulle esili zampe, abbassando di tanto in tanto il muso come per odorare il terreno infido.

Il latte e i pezzi di pane che il vecchio deponeva

The next day her visit lasted hardly longer than the first. The hind spotted the old man; looked at him, and fled. He would never forget that look, which had about it something almost human, at once pleading, tender and diffident. At night he would dream of the young deer fleeing across the plain. He would pursue her, manage to catch her by her back legs and hold her tightly in his arms, afraid and with her heart racing. Never before – not with an ailing newborn lamb, or with a calf condemned to be butchered; not with an injured marten or with a leveret – had he been moved to such burning tenderness. The palpitations of the creature connected directly with his own heart. He would return with her to his lonely hut, and it seemed to him that he was no longer alone in the world, mocked and derided by everyone, even by his own servant.

But in reality, unfortunately, things did not turn out like this. The hind came a little closer each day, but as soon as she would spot the manservant or some other stranger, or if the old man gave any sign of movement, she would launch herself into the distance like a low-flying bird, leaving in her wake a faint silver groove between the reeds on the other side of the clearing. When on the other hand the old man was sat motionless on his stone stool, she would linger, still diffident as ever, grazing on the grass but lifting her beautiful delicate head every so often, startled by every sound, turning tail and sprinting from side to side before leaping into the cover provided by the weeds – then returning, advancing and looking at the old man.

Those eyes filled the shepherd with tenderness. He smiled at her across the silence, just as the god Pan must have smiled at the hinds in mythological forests: and the creature continued to advance, treading lightly with her slim legs, as if she was actually fascinated by that smile, lowering her muzzle from time to time as if to smell the treacherous earth.

She was lured by the milk and bread that the old man

a una certa distanza la attiravano. Un giorno prese un pezzetto di ricotta e fuggì; un altro si avanzò fino alla ciotola, ma appena ebbe sfiorato il latte con la lingua trasalì, balzò sulle quattro zampe come se il terreno le scottasse e fuggì. Subito dopo tornò.
Allora furono corse e ritorni più frequenti, meno timidi, quasi civettuoli. Balzava in alto, s'aggirava intorno a se stessa come cercando di acchiapparsi la coda coi denti; si grattava l'orecchio con la zampa, guardava il vecchio ed egli aveva l'impressione che anch'essa fosse meno triste e spaurita e che gli sorridesse.

Un giorno egli mise la ciotola a pochi passi di distanza dalla sua pietra, quasi sull'apertura della capanna, scacciando lontano il gatto che pretendeva di profittar lui del latte. Poco dopo la cerbiatta s'avanzò tranquilla; sorbì il latte, guardò dentro con curiosità: egli spiava immobile, ma quando la vide così vicina, lucida, palpitante, fu vinto dal desiderio di toccarla e allungò la mano. Ella balzò sulle sue quattro zampette, col muso stillante latte, e fuggì: ma tornò, ed, egli non tentò oltre di prenderla.

Ma oramai la conosceva ed era certo che ella avrebbe finito col rimanersene spontaneamente con lui: nessuna bestia è più dolce e socievole della cerbiatta. Da bambino egli ne aveva avuta una che lo seguiva per ogni dove e alla notte dormiva accanto a lui.

Per attirar meglio la sua nuova amica e tenerla tutto il giorno con sé senza usarle violenza pensò di andar in cerca di qualche nido di cerbiatti, prenderne uno e legarlo entro la capanna: così l'altra, vedendo un compagno, si sarebbe addomesticata meglio. Ma, per quanto girasse, la cosa non riusciva facile: bisognava

would place at a certain distance. One day she took a small
piece of *ricotta* and fled; on another, she reached the bowl,
but no sooner had she brushed the surface of the milk with
her tongue than she started, springing into the air with all
four hoofs off the ground, as if it was scorching underfoot,
then took flight again. But she returned immediately. A series
of more frequent flights and returns followed, becoming less
timorous, almost flirtatious. She would leap into the air, turn
around on herself as if trying to catch her own tail between
her teeth, scratch her ear with her hoof, peer at the old man
giving him the impression that she had become less fearful and
stressed – and that she was returning his smile.

One day he placed the bowl just a few steps' distance from
his seat, almost at the threshold of the hut, shooing away
the cat that was intent on getting his share of the milk. The
hind soon approached calmly, drank the milk and peered
inquisitively inside. He was keeping dead still, watching her,
but when he saw her so close, glossy and palpitating, he was
overcome by the desire to touch her and reached out his hand.
She leapt, all four dainty legs leaving the ground, her muzzle
dripping milk, and fled. But she came back, and from then on
he refrained from attempting to lay a hand on her again.

By now he had come to know her ways, and was confident that
she would eventually stay with him of her own free will. There
is no more sweet-tempered and sociable creature than a young
hind. As a boy he had kept one that had taken to following him
around wherever he went, and to sleeping next to him at night.

So as to better attract his new friend and keep her with him
all day without using force of any kind, he had the idea of
searching for a litter of fawns, taking one and tying it next to the
hut so that, on seeing a potential companion, she would yield
more readily to being domesticated. But no matter how much
he searched, his plan was not easily achieved: one needed to

andar verso le montagne, alle falde del Gonare, per
trovare i cerbiatti; ed egli non era abituato alla caccia.
Solo trovò una cornacchia ferita ad un'ala che agitava
penosamente l'altra tentando invano di spiccare il volo.
La prese e la curò, tenendosela sul petto; ma quando la
cerbiatta lo vide con l'uccellaccio fuggì senza avvicinarsi.
Era gelosa. Allora il vecchio nascose la cornacchia
dietro le mandrie: la trovò il servo e la portò in paese a
certi ragazzi suoi amici, e poiché il padrone si lamentava
gli disse:

'Se non state zitto, getto il laccio anche alla cerbiatta e la
vendo a qualche cacciatore di poca fortuna.'

'Se tu la tocchi ti rompo le costole, com'è vera la vera
croce!'

'Voi? A che siete buono, voi?' disse ridendo il ragazzaccio.
'A mangiare pane e miele!'

Ma quel giorno, dopo la partenza del mercante e del servo,
il vecchio attese invano la cerbiatta. Cadevano l'ombre e
neppure lo stormire del vento interruppe il silenzio della sera
vaporosa. Il vecchio diventò triste. Neppure un istante dubitò
che il servo avesse preso al laccio la bestia per portarsela in
paese.

'Vedi, se ti lasciavi prendere? Vedi, se tu restavi con me?'
brontolava, seduto davanti al fuoco nella sua capanna; mentre
il gatto impassibile al dolore del suo padrone leccava il latte
della ciotola. 'Adesso ti avranno legata, ti avranno squartata.
Questo era anche il tuo destino . . .'

E tutti i suoi ricordi più amari tornavano a lui; tornavano,
orribili e deformi, come cadaveri rimandati dal mare.

Il giorno dopo e nei seguenti cominciò a litigare col servo,
costringendolo a licenziarsi.

'Va, che tu possa romperti le gambe come le avrai rotte
alla povera cerbiatta.'

head towards the mountains, to the lower slopes of the Gonare itself, in order to find fawns – and he was unaccustomed to hunting. He found nothing but a crow with one damaged wing, flapping the other pitifully in a vain attempt to fly off. He took it in to look after, holding it tight to his chest; but when the hind caught sight of him with that ugly bird she fled without ever coming close. She must have been jealous. So the old man hid the crow behind the herds: his servant found it and took it to town to give to some lads who were acquaintances of his, and retorted when his master rebuked him for it:

'If you don't keep quiet, I'll lasso that hind as well, and sell it to some out-of-luck hunter.'

'If you so much as touch her, I swear on the cross I'll break every rib in your body.'

'*You?*' laughed the lout. 'You and who else? What are you good for anyway? For supping on bread and honey, that's what!'

That day, after the servant and the dealer had left, the old man waited in vain for the hind. Night was falling, and even the sound of the rustling wind made no impression on the silence of the misty evening. The old man was overcome with sadness. He had no doubt that the servant had got a rope around the creature and dragged it to town.

'You see, if you had only let yourself be caught! You see, if you had only stayed here with me!' he grumbled, sitting before the fire in his hut, while the cat lapped the milk from the bowl, oblivious to his master's sorrow. 'Now they will have tied you up, they will have butchered you. This too was your fate . . .'

And all his most bitter memories came back to him; came back horrible and deformed, like corpses washing up on a shore.

The next day, and in those that followed, he began to argue with his servant, forcing him to quit.

'Get out, and may you break your legs as you must have shattered those of the poor hind.'

Malafazza sghignazzava.

'Sì, gliele ho rotte! L'ho presa al laccio, le troncai i garretti e la portai così a un cacciatore. Ho preso tre franchi e nove reali: li vedete?'

'Se non te ne vai ti sparo.'

'Voi? come avete sparato contro l'amico di vostra moglie! Come avete sparato contro il traditore di vostra figlia!'

Il vecchio, col viso più nero del suo cappuccio, gli occhi verdi e rossi di collera e di sangue, staccò l'archibugio e sparò. Attraverso il fumo violetto dell'archibugiata vide il servo dare un balzo come la cerbiatta e fuggire urlando.

Allora si rimise a sedere davanti alla capanna, con l'arma sulle ginocchia, pronto a difendersi se quello tornava, senza pentirsi della sua azione. Ma le ore passavano e nessuno appariva. Cadeva una sera tetra e calma: la nebbia fasciava di un nastro grigio l'orizzonte e le vacche e le giovenche si attardavano col muso fra l'erba, immobili come addormentate.

Un fruscio fra le macchie fece trasalire il vecchio: ma invece del suo nemico egli vide balzar fuori la cerbiatta che si avvicinò fino a sfiorar col muso il calcio dell'archibugio. Egli credeva di sognare. Non si mosse, e la bestia, non vedendo il latte, sporse la testa dentro la capanna. Scontenta fece una giravolta e tornò rapida laggiù. Per un momento tutto fu di nuovo silenzio.

Il gatto che dormiva accanto al fuoco si svegliò, si alzò, s'aggirò intorno a se stesso e ricadde come un cercine di velluto nero.

Di nuovo un fremito scompigliò la linea delle macchie; di nuovo la cerbiatta sbucò, saltò nella radura: subito dietro di lei sbucò e saltò un cervo (il vecchio riconobbe il maschio dal pelo più scuro e dalle corna ramose) inseguendola fino a raggiungerla. Si saltarono allegramente l'uno addosso

Malafazza sniggered scornfully.

'Yes, I broke them! I caught her with the rope, I trussed her up and carried her to a hunter. I got three francs and nine *reali*: here they are, look!'

'If you don't leave now, I'll shoot you.'

'*You?* Like you shot your wife's boyfriend! Like you shot the man who betrayed your daughter!'

With a face darker than his hood, his green eyes bloodshot with fury, he unhooked the musket and fired. Through the purple gunpowder smoke he saw the servant leap up like the hind and take to his heels, howling.

Then he sat down again in front of the hut, with the weapon across his knees, without regretting what he had done and ready to defend himself if he came back. But the hours passed and nobody came. Night fell, gloomy and still: the mist enveloped the horizon with a grey ribbon, and the cows and the bullocks lingered with their muzzles in the grass, unmoving, as if already asleep.

A rustle of the bushes startled the old man, but instead of his nemesis he saw the hind jump out, coming up close to him until her muzzle brushed against the stock of the musket. He thought he must be dreaming. He kept perfectly still, and the creature, on not seeing the milk, craned her neck to peer into the hut. Displeased, she turned tail and swiftly retreated. For a moment everything was silent again.

The cat which was sleeping next to the fire woke up, turned around himself and settled back down again like a border of black velvet trim.

Once again there was a commotion within the line of overgrown scrub, once again the hind popped out, leaping across the clearing. Immediately behind her, a buck leapt into view (the old man recognized the male by its darker skin and branching antlers), chasing and catching up with her. They

all'altra, caddero insieme, si rialzarono, ripresero la corsa, l'inseguimento, l'assalto. Tutto il paesaggio antico, pallido nella sera d'autunno, parve rallegrarsi del loro amore.

Poco dopo passò il contadino nobile, col suo aratro coperto di terra nerastra. Questa volta si fermò.

'Baldassà, che hai fatto?' disse con voce grave ma anche un tantino ironica. 'La giustizia ti cerca per arrestarti.'

'Son qui!' rispose il vecchio, di nuovo sereno.

'Ma perché hai ferito il tuo servo?' insisteva l'altro, e voleva a tutti i costi sapere la causa del dissidio.

'Lasciami in pace' disse infine il vecchio. 'Ebbè, lo vuoi sapere? È stato per quella bestiuola, che ha gli occhi come quelli della mia povera figlia Sarra.'

leapt one on top of the other, in the most lively fashion, tumbling together, getting up again and resuming the race, the pursuit, the assault. The entire ancient landscape, pale in the autumn evening, seemed to rejoice in their coupling.

A little later the gentleman farmer passed by, with his plough covered with soot-black earth.

'Baldassà, what have you done?' he said in a voice that was grave but tinged with irony. 'The law is out looking for you.'

'Here I am!' replied the old man, calm again.

'But what made you injure your servant?' the other insisted, determined at all costs to discover the reason behind their falling-out.

'Leave me alone,' the old man said at last. 'Well if you must know, it was because of that little creature: In her eyes I saw the eyes of my poor daughter Sara.'

UMBERTO SABA

La gallina

Odone Guasti, che doveva più tardi, e sotto altro nome,
acquistarsi una qualche fama nella repubblica delle lettere,
era, a non ancora quindici anni, praticante di ufficio e di
magazzino presso una piccola ditta di agrumi a Trieste. Aveva
abbandonato con un'orgia di contentezza gli studi classici, ai
quali si credeva poco adatto, per la carriera mercantile: non
si sentiva egli forse un commerciante nato? Tuttavia non era
passato un mese dalla sua nuova vita che già l'irrequietezza
fondamentale alla sua natura l'aveva ripreso davanti alle casse
d'aranci da marcare e al copialettere da registrare, come sui
testi di greco e di latino approvati dal Ministero e insudiciati
ai margini di disegni caricaturali. Il giovanetto odiava il suo
principale, lo 'sfruttatore' della sua calligrafia chiara e delle
sue lunghe gambe di adolescente, di un odio molto simile a
quello che aveva portato al capoclasse; e disprezzava il suo
unico compagno di lavoro, un impiegato anziano, come sulle
panche del ginnasio aveva disprezzato i condiscepoli che
sapevano meritarsi dei buoni gradi a fine d'anno e la costante
benevolenza dei superiori. Odio, si capisce, ingiusto: ma
dovevano passare molti anni e molti dolori essere superati
perché Odone, ripensando al passato e paragonandolo al
presente, comprendesse che il torto era tutto dalla sua parte,
troppo e troppo poco per riuscire un buon scolaro prima
e un buon impiegato poi. È inestimabile privilegio dell'età

The Hen

Odone Guasti, who was later, under another name, to acquire
a degree of fame in the republic of letters, was, at the age
of not yet fifteen, an office and warehouse apprentice in a
small firm in Trieste dealing in citrus fruits. Thinking himself
perhaps a born merchant, he had been overjoyed to abandon
his classical studies, to which he believed himself unsuited, in
favour of a commercial career. But he had not spent even a
month in his new life when, faced with crates of oranges to be
marked and letters to be copied into the book, the restlessness
fundamental to his nature had caught up with him just as it had
over the Ministry-approved Greek and Latin texts which he had
defaced with caricatures in the margins. He hated his boss, the
'exploiter' of his clear handwriting and his long adolescent legs,
with a hatred very similar to that which he had borne the class
monitor; and he felt as much contempt for his only workmate,
an elderly clerk, as he had felt at school for his classmates, who
always got good marks at the end of the year and were always
well treated by the masters. This hatred was, of course, unjust,
but many years were to pass, and many sorrows overcome,
before Odone, thinking over the past and comparing it with the
present, realized that the blame was entirely his, that he had
done too much and too little to succeed either as a good pupil
or, later, as a good employee. It is an inestimable privilege of
maturity to find the roots of our ills only in ourselves, whereas

matura quello di ritrovare in noi soli la radice dei nostri
mali; il giovane non può che incolparne il mondo esterno,
e con tanto più accanimento quanto maggiore è il difetto.
E chi del resto avrebbe potuto chiarire a se stesso Odone,
e rimproverarlo con frutto, se il padre suo, partito non si
sapeva per dove, prima ancora della sua nascita, non era
più ritornato, ed egli viveva solo con sua madre, povera e
infelicissima donna, la quale poco comprendeva della vita
fuori della necessità che il suo unico figlio stesse fisicamente
bene, e guadagnasse presto e abbastanza per togliere lei e
lui all'umiliante dipendenza dai parenti? La signora Rachele
(così si chiamava la madre di Odone) amava il fanciullo con
un'intensità quasi peccaminosa, con quell'esasperazione
dell'amor materno propria alle donne sposate inutilmente;
e l'amato l'aveva fino allora ricambiata di pari affetto,
seppure colorato d'egoismo; perché i genitori amano per
quello che danno, e i figli per quello che ricevono. V'è un
momento nella vita del giovane, in cui l'amore figliale,
prima di spegnersi nella reazione alla famiglia, e nell'amore
propriamente detto, dà come un'ultima e più splendente
fiammata: così i rari amatori del semideserto passeggio
di Sant'Andrea potevano vedere, nei pomeriggi dei giorni
di festa, Odone già in calzoni lunghi e con alle labbra il
presentimento dei baffi, camminare a braccetto di sua madre,
molto più piccola di lui di statura, con in testa un velo nero e
un cappello strano e minuscolo da impietosire l'osservatore.
Così, dopo cena, madre e figlio avevano fra di loro dei
tenerissimi colloqui, dove la diversità di opinioni, che già
cominciava ad accentuarsi nel giovane, non era ancora tale, di
fronte alla certezza di un comune avvenire, da far degenerare
la sommissione figliale in aperta rivolta e l'idillio in scenate.
Odone era sempre, per sua madre, un bambino che ogni sera,
prima di coricarsi, non dimenticava di ringraziare nelle sue

the young man cannot help but blame the outside world,
and with all the more ferocity the greater his own defects.
And besides, who was there to explain Odone to himself and
provide him with constructive criticism when his own father
had gone, God alone knew where, even before he was born and
had never returned, and he lived alone with his mother, a poor,
deeply unhappy woman who understood little of life beyond
the need for her only son to be physically well and to soon earn
enough to relieve the two of them of a humiliating dependence
on their relatives? Signora Rachele (that was Odone's mother's
name) loved the boy with an almost sinful intensity, with
that exaggerated maternal love peculiar to women who have
married in vain; and the loved one had until then returned a
similar affection, although tinged with selfishness; because
parents love for what they give, and children for what they
receive. There comes a moment in the life of a young man
when filial love, before burning itself out in reaction to the
family, to be replaced by love in the strictest sense of the
word, flares up one last time in the most resplendent fashion:
so it was that, on the afternoons of feast days, the few loving
couples in the half-deserted Passeggio Sant'Andrea would see
Odone, already in long trousers and with the beginnings of a
moustache on his lips, walking arm in arm with his mother,
who was much shorter than he and wore a black veil and such
a strange, tiny hat as to make the observer feel sorry for her.
In the same way, after dinner, mother and son would indulge
in the tenderest of conversations, in which their differences of
opinion, already beginning to become marked in the young
man, were not yet such, compared with the certainty of a
common future, as to cause his filial submission to degenerate
into open revolt, and their romance into quarrels. As far as
his mother was concerned, Odone was still a child who every
evening, before going to bed, never forgot to thank God in his

orazioni Iddio, per avergli concessa la più bella, la più buona, la più saggia fra quante mamme abitavano, per la felicità dei loro figli, la splendida e non mai abbastanza lodata opera della creazione.

Fu dunque pensando la contentezza che avrebbe provato sua madre, che il giovanetto disse al suo padrone un 'grazie' commosso e pieno di riconoscenza, quando questi, una sera dell'ultimo del mese, gettava sul suo tavolo una banconota, avvertendolo: 'Da quest'oggi lei è in paga: avrà dieci corone al mese.' Era quello il suo primo guadagno: come sarebbe rimasta la cara, e, fino a quel giorno, mal ricompensata creatura, quando le avesse messo in mano il denaro, dicendole: 'Prendi, mamma; è per te!' e sottointendendo: benché tutto questo sia nulla in confronto a quello che saprò darti un giorno. Sparvero con quelle dieci corone i dubbi che, in più mesi di garzonato, aveva avuto il tempo di porre alla sua vocazione commerciale: sparve con esse quella punta di rimorso che non poteva non avvertire se, uscito per una commissione, incontrava per via un ex condiscepolo, e cercava – ahimè inutilmente! – di persuaderlo dell'immenso bene che gli era capitato lasciando la scuola per l'impiego; e l'altro, o gli rispondeva male o, tacendo, pareva dicesse: 'Ci rivedremo fra qualche anno, povero galoppino!' Terminata la sua giornata, corse a casa, fece le scale col batticuore d'un innamorato che porti il primo dono alla sua bella, e, balbettando e baciandola, dette a sua madre la grande notizia. La signora Rachele se ne mostrò commossa (meno però di quanto Odone aveva sperato), perdonandogli anche un'arrabbiatura che il ragazzo le aveva fatto prendere all'ora di pranzo, rifiutandosi di mangiare la minestra, e il cui ricordo gli aveva reso ancora più caro il pensiero della soddisfazione da procurarle rincasando. Volle infine che Odone serbasse per sé, per i suoi capricci, la metà dell'importo, non senza però

prayers for having granted him the most beautiful, the best, the wisest of all the many mothers who have inhabited, for the happiness of their sons, the splendid and never sufficiently praised work of creation.

It was, therefore, thinking of how pleased his mother would be that the young man replied to his employer with a touched and grateful 'Thank you' when the latter, one evening at the end of the month, threw a bank-note down on his desk and informed him: 'From today, you're on the payroll. You'll get ten crowns a month.' These were his first wages: how would the dear, hitherto unrewarded creature react when he put the money in her hand and said: 'Take this, Mother, it's for you!' with the implication: though all this is nothing compared to what I'll be able to give you one day. Those ten crowns dispelled the doubts that, in his several months of apprenticeship, he had begun to have about his commercial vocation; they also dispelled that touch of remorse that he could not help but feel when, being out on an errand, he met a former classmate on the street and tried – alas, in vain! – to convince him of the immense good that had befallen him in leaving school for work, and the other either replied rudely or kept silent, as if to say: We'll see about that in a few years, you poor drudge! His day over, he ran home, walked upstairs with the beating heart of a man in love taking a first gift to his beloved and, stammering and kissing his mother, gave her the great news. Signora Rachele seemed touched (less so, though, than Odone had hoped) and even forgave him for having made her angry at lunchtime by refusing to eat his soup, the memory of which had made the thought of the satisfaction he would give her when he came home all the dearer to him. She suggested that Odone put aside half the amount for himself, for whatever he pleased, although not without advising him to spend it as well as he

raccomandargli di spenderlo così bene come bene l'aveva guadagnato; e ricordargli certi pericoli nei quali i giovani vengono istruiti piuttosto dai padri che dalle madri; ma a lei, che non pronunciava certe parole, o non le indicava con una perifrasi, senza aver prima sputato per terra (tanto era lo schifo che ne provava) era toccata anche questa croce di doverne parlare al figlio; e faceva, pure in sì triste bisogna, del suo meglio; per potersi, quando fosse piaciuto al Signore, addormentare in pace, e senza rimorsi sulla coscienza.

Raccomandazioni inutili: Odone non si voltava ancora a guardare le donne, e non passava mai senza affrettare il passo per certi vicoli ingombri la sera di marinai e di donne dalla voce rauca: e poi aveva già deciso come spendere le sue cinque corone: avrebbe, con quelle, comperato un regalo a sua madre: solo era in dubbio fra una tabacchiera rotonda dai fregi d'argento e un ventaglio nero a lustrini. Ma, finché l'uomo propone e Dio dispone, nessuno ha il diritto di credersi al sicuro dalla tentazione, per quanto forte egli si senta in un generoso proposito. E se la tentazione non venne per Odone sotto la specie di una femmina umana, venne invece in quella di una bella gallina; ed ora dirò come e perché non seppe resisterle, e come amaramente poi ne fu punito.

Passando verso le due del pomeriggio del giorno seguente per la Piazza del Ponterosso, dove c'era, e c'è ancora, a Trieste il mercato degli uccelli e del pollame vivo, Odone, che era uscito di casa per ritornare al lavoro e bighellonare un poco, ben deciso a non ritornare in prigione un momento prima del necessario, si fermò ad osservare la merce esposta nelle gabbie. Prima lo colpirono certi uccelletti esotici, dai colori accesi e brillanti, che gli ricordavano al vivo i francobolli delle colonie inglesi e degli staterelli barbarici, quali ammirava spesso nella sua modesta collezione; poi il suo desiderio si

had earned it and warning him of certain dangers about
which young men are more typically taught by their fathers
than their mothers; but to her, who never uttered certain
words or never indicated them with a periphrasis without first
spitting on the ground (such was the disgust she felt towards
them), fell the burden of having to speak of such things to
her son; and she did her best, even in such a sad task; so that
she might, when it so pleased the Lord, sleep in peace and
without any regrets on her conscience.

Her advice was unnecessary: Odone did not yet turn to look
at women, and never passed down certain alleyways crowded
in the evenings with sailors and raucous-voiced women
without hurrying on; and besides, he had already decided
how to spend his five crowns: he would use them to buy his
mother a gift: only, he was torn between a round tobacco
tin with silver decorations and a black fan with sequins. But
as long as man proposes and God disposes, nobody has the
right to believe himself safe from temptation, however strong
he feels in broad terms. For Odone, the temptation did not
come in the form of a human female, but came instead in that
of a beautiful hen; and I will now recount how and why he
was unable to resist this temptation, and how cruelly he was
subsequently punished.

Passing at about two in the afternoon of the following
day through the Piazza del Ponterosso, where there was, and
still is, a market for birds and live poultry, Odone, who had
left home to return to work and loiter a little on the way,
quite determined not to go back to his prison a moment too
soon, stopped to observe the merchandise displayed in the
cages. First, he was struck by certain exotic little birds with
bright shiny colours, which reminded him of the stamps
from the English colonies and the barbaric states which
he often admired in his modest collection; then his desire

posò sopra un merlo, animale dall'aspetto assolutamente
misterioso, nel cui becco d'oro si divincolava una mezza
dozzina di vermetti, che l'uccello inghiottiva non più di uno
alla volta, a intervalli regolari, socchiudendo, per il gusto che
ne provava, gli occhietti tondi e cerchiati del medesimo oro
fino del becco; guardò con scarsa simpatia i pappagalli, con
ripugnanza una scimmia: infine lo attrassero i polli, chiusi
stipati nelle loro anguste gabbie di legno, da cui sporgevano
alternativamente i colli, e dove si lamentavano con acredine,
o si vendicavano l'uno su l'altro della sete e della mancanza
di spazio. Non era già il ghiottone che si commosse in lui
a quello spettacolo: Odone amava moltissimo le galline
vive e gli erano peggio che indifferenti servite a tavola.
Quando in una passeggiata solitaria in campagna, in una di
quelle passeggiate che hanno, nell'adolescenza, la durata
di una marcia forzata e la solennità di una conquista, gli
apparivano davanti alla casa colonica o tra il verde dei prati
creste e bargigli, egli si rallegrava a quella vista come di
tante pennellate in cui fosse concentrato il sentimento del
paesaggio; e accarezzava volentieri la gallina abbastanza
domestica o resa dal terrore così maldestra alla fuga da non
scappare a tempo davanti alla sua mano amorevolmente tesa.
Dove gli altri non avvertono che suoni monotoni e sgradevoli,
Odone ascoltava come una musica sempre variata le voci
del pollaio, specialmente sul far della sera, quando le galline,
prese dal sonno, hanno una dolcissima maniera di querelarsi.
Meno gli piaceva il gallo. La fierezza e magnanimità di questo
sultano dell'aia, visibile davanti a un bruco o altro squisito
boccone, concupito e poi, non senza visibile lotta interiore,
lasciato alle femmine, non può essere apprezzata che da un
uomo già esperto della vita, capace di intendere il superbo
valore di quella rinuncia e la maschia signorilità che sta in
fondo ad ogni vero sacrificio. Se poi qualcuno gli avesse

came to rest on a blackbird, a totally mysterious-looking animal, from whose golden beak half a dozen little worms were struggling to escape, while the bird swallowed them no more than one at a time, at regular intervals, half closing with pleasure its round little eyes encircled with the same fine gold as the beak; he looked with scant sympathy at the parrots, and with revulsion at a monkey; finally, his attention was drawn to the chickens, packed closely together in their cramped wooden cages, from which their necks stuck out alternately, and where they complained bitterly or took it out on one another for the thirst and lack of space. It was not the glutton in him that was moved by this spectacle: Odone liked live hens very much, but they were a matter of more than indifference to him when served at table. When on a solitary walk in the country, one of those adolescent walks that have the length of a forced march and the solemnity of a conquest, he would spot crests and wattles in front of a farmhouse or amid the green of the meadows, he would cheer up at the sight, as if they were brushstrokes in which the feeling of the landscape was concentrated; and he would gladly stroke the hen who was sufficiently tame or rendered so awkward by fear as not to escape in time from his lovingly held-out hand. Where others hear only monotonous, unpleasant sounds, Odone listened to the voices of the henhouse as if they were constantly varied music, especially as evening fell and the drowsy hens would complain in a very gentle manner. He did not like roosters as much. The pride and magnanimity of these sultans of the farmyard, shown when faced with a caterpillar or some other exquisite morsel which is lusted after and then, not without a visible inner struggle, left to the females, can only be appreciated by a man already expert in life, capable of understanding the nobility of that renunciation and the masculine lordliness that lies behind every true

chiesto perché tanto gli piaceva quello stupido volatile, a cui gli altri non associano che idee gastronomiche, il fanciullo non avrebbe forse saputo cosa rispondere. A molti infatti che allora glielo chiesero, egli non rispose che vent'anni dopo, con una lirica, poco, anche quella, capita. Quei pennuti-corpiccioli egli li sentiva veramente impregnati d'aria e di campagna e delle diverse ore del giorno: aggiungi a questo motivo estetico un altro sentimentale: Odone aveva lungamente giocato, nella sua infanzia priva di fratelli e di amici, con una gallina. Sua madre l'aveva comperata per ucciderla e mangiarla; ma tali e tanti erano stati i pianti e le preghiere di Odone che la signora Rachele aveva infine accondisceso a tenerla viva e libera per la casa, come un cane. Da quel giorno, oltre a berne le uova calde, il ragazzo ebbe una compagnia; ed anche sua madre finì col divertirsi a vedere i salti formidabili che spiccava contro la porta a vetri della cucina, dove la rinchiudeva le rare volte che aveva delle visite; e quando, sudata e ansante, ritornava dal mercato con in mano la cesta della spesa, Cò-Cò (come si erano accordati a chiamarla madre e figlio) le correva incontro con il becco aperto, le ali tese e vibranti. 'E poi dicono che le galline sono stupide,' diceva, ammirata, la signora Rachele. Ma spesso si irritava, vedendo suo figlio parlare a un pollo come a una persona: le pareva quasi un segno d'imbecillità. Per Odone invece le ore che trascorreva con lei erano veramente sue; se la faceva 'sedere' (appollaiare) accanto, sui gradini che mettevano dalla cucina alla camera da pranzo, gradini di mattoni, che il tramonto arrossava stranamente e gli ricordavano quelli dell'antipurgatorio, come li aveva veduti raffigurati in un'immagine sacra; se la serrava al cuore fino a farla strillare, pensando con gioia che aveva tanto tempo davanti a sé, da vivere e da godere in questo mondo (e poi ancora gli sarebbe rimasta l'eternità); parlava a Cò-Cò di viaggi e di traffici avventurosi, di felicità avvenire, di tutto

sacrifice. If at that time anyone had asked him why he was
so fond of those stupid birds, which others only associate
with thoughts of gastronomy, the young man might not have
known what to reply. To the many who did in fact ask him,
he only replied twenty years later, in a poem; only, that, too,
was little understood. He felt that those feathered bodies were
genuinely imbued with air and countryside and the different
hours of the day: add to this aesthetic reason a sentimental
one: for a long time, in his childhood devoid of siblings and
friends, Odone had played with a hen. His mother had bought
it to kill and eat; but Odone had cried and begged so much
that Signora Rachele had finally agreed to keep it alive and let
it roam freely about the house, like a dog. From that day on,
as well as sucking its warm eggs, the boy had company; and
even his mother ended up enjoying watching the way the bird
leapt against the glass door of the kitchen, where it was shut in
on the rare occasions that she had visitors; and when, sweaty
and panting, she came back from the market carrying her
shopping basket, Cò-Cò (as mother and son had agreed to call
the hen) would run to meet her, beak open, wings outspread
and fluttering. 'And they say hens are stupid,' Signora Rachele
would say admiringly. But often she would become irritated,
seeing her son talking to a fowl as if it were a person: that
struck her as almost a sign of idiocy. For Odone, on the other
hand, the hours he spent with the hen were truly his, he would
make the bird 'sit' (perch) next to him on the steps leading
from the kitchen to the dining room, brick steps that turned
strangely red in the sunset and reminded him of those of ante-
purgatory, as he had seen them depicted in a sacred image;
he would clasp the hen to his heart so tightly that it shrieked,
thinking with joy that he had so much time ahead of him
to live and enjoy in this world (and then he would still have
eternity); he would talk to Cò-Cò of journeys and adventures,

quello insomma che gli passava per la testa. Ma, dopo due anni di domestica clausura e di cibi eccessivamente ghiotti e riscaldanti, alla strana compagna di quell'infanzia sacrificata ed estatica scoppiò (come disse una vicina che se ne intendeva) scoppiò il cuore per troppa grassezza (sembrava un'odalisca): insomma morì, e fu sepolta dal suo amico. Odone ne avrebbe voluto subito subito un'altra; desiderio che sua madre non volle assolutamente appagare: era già troppo grande per quel genere di divertimenti: l'album dei francobolli e qualche passeggiata con lei erano – dovevano essergli – svaghi sufficienti. Però, desiderio non appagato è desiderio protratto; e Odone se ne ricordò davanti a quelle gabbie di polli, avendo in tasca il suo primo guadagno. Una specialmente gli piaceva: bellissimo esemplare davvero, con una testolina piccola ed espressiva, un piumaggio nero e brillante, e una coda lunga arcuata, che ricordava ad Odone le piume sul cappello dei bersaglieri italiani. Ne domandò il prezzo, più in principio per curiosità, che col fermo proposito di acquistarla (credeva costasse chissà quanto); e il pollivendolo, stupito di quel cliente per sesso ed età insolito, gli rispose con malgarbo, e come certo di buttar via il fiato: 'Tre corone e cinquanta centesimi.'

'Così poco?' esclamò Odone. L'altro lo guardò più offeso che meravigliato; e più che mai convinto di essere preso in giro da un monello. Poi, come comprese che questi faceva sul serio, aperse la gabbia, e ne prese fuori l'animale, a cui soffiò tra le penne; per farne ammirare al compratore la grassezza e il colorito appetitoso della carne.

'Basta, basta,' esclamò Odone, offeso dagli acuti strilli che mandava la vittima e dagli sforzi che faceva per tenere il capo in su, e non crepare congestionata. 'La compero,' aggiunse, 'se può mandarmela a casa subito.'

'Subito' rispose l'omaccio; e, chiamato un ragazzo, gli

of joys to come, of everything, in short, that went through his head. But after two years of domestic seclusion and excessively tasty and warming food, the heart of this strange companion of a sacrificed, ecstatic childhood burst (according to a female neighbour who knew about such things) – burst from being too fat (it looked like an odalisque); in short, it died, and was buried by its friend. Odone would have liked another immediately; a wish his mother absolutely refused to grant: he was already too old for that kind of diversion: his stamp album and an occasional stroll with her were – had to be – sufficient recreation. But a wish ungranted is a wish protracted; and Odone recalled it now as he stood looking at these cages of poultry with his first wages in his pocket. There was one animal in particular that he liked: a really beautiful specimen, with a tiny expressive head, shiny black plumage and a long arched tail, which reminded Odone of the feathers on the caps of the Italian Bersaglieri. He asked the price, at first more out of curiosity than with the firm intention of acquiring it (God knows how much he thought it cost); and the poultry merchant, surprised because this customer was not the usual sex and age, answered rudely, and as if certain of taking his breath away: 'Three *Kronen* and fifty *heller*.'

'So little?' Odone exclaimed. The other man looked at him more offended than astonished, and more than ever convinced that he was being made fun of by a brat. Then, realizing that the latter was serious, he opened the cage, took out the bird and breathed into its feathers to show off how fat it was, how appetizing the colour of the meat.

'Enough, enough!' Odone exclaimed, pained by the shrill cries the victim was emitting and the efforts it was making to hold its head up and not die of suffocation. 'I'll buy her,' he said, 'if you can send her to my house right away.'

'Right away,' the awful man replied; he called the boy who

consegnò, tenendolo per le zampe, il pollo. Odone pagò, dette il suo indirizzo, più venti centesimi di mancia per il ragazzo, raccomandò a questi di dire, a chi gli aprisse, il suo nome. Poi guardò l'orologio. Erano quasi le due e un quarto, e si affrettò a ritornare in ufficio, cercando di persuadersi che aveva speso bene il proprio denaro. Si esagerava, a questo scopo, la gioia che avrebbe provato a ritrovare, rincasando, Cò-Cò rediviva. Ma più si affannava a scacciarlo, e più lo affliggeva il pensiero, il sospetto, di aver fatto qualcosa di inutile, se non anche di ridicolo. Sentiva che Cò-Cò era morta una volta per sempre, e che non si poteva sostituirla con tutte le galline del mondo; che la sua infanzia era morta anch'essa, ed era da stolto volerne far rivivere le dolcezze fuori che nel ricordo; che sua madre aveva già tutti i capelli bianchi, che si stancava sempre più presto e che forse sarebbe morta prima che egli Odone fosse riuscito a farle gustare la promessa agiatezza; che aveva fatto male a lasciare la scuola per l'impiego; che un errore era stato commesso nella sua vita, non sapeva dire quale né quando, un errore, un peccato che gli angustiava ogni giorno di più il cuore, e che il fanciullo credeva proprio a lui solo, non sapendo ancora (come troppo bene seppe più tardi) che quel dolore era il dolore dell'uomo, dell'essere vivente come individuo; era il dolore che la religione chiama del peccato originale.

Fuori del magazzino Odone trovò i braccianti che lo aspettavano con un carico di casse di aranci, e si dimenticò facilmente in questo lavoro di marcatura e di vigilanza; poi scrisse delle fatture; trascrisse in bella calligrafia commerciale una lunga lettera di cui il padrone gli aveva steso la minuta; andò a fare una commissione all'altro iato della città; ritornò con la risposta, e dovette uscire di nuovo a pagare una polizza d'imbarco presso la società di navigazione Adria; bagnò le tele e mise le

worked for him and handed him the fowl, holding it by the legs. Odone paid, gave his address, plus twenty *heller* as a tip for the boy, and instructed the latter to give his name to whoever opened the door. Then he looked at his watch. It was almost a quarter past two, and he hurried back to the office, trying to persuade himself that he had spent his own money well. With that aim in mind, he exaggerated to himself the joy he would feel when he got home and found Cò-Cò reborn. But the more he tried to dismiss the thought, the more afflicted he was by the suspicion that he had done something pointless, if not actually ridiculous. Cò-Cò had died once and for all, he felt, and could not be replaced by all the hens in the world; his childhood had also died, and it was a foolish thing to want to bring its sweet aspects back to life other than in memory; his mother's hair had already turned completely white, she grew tired ever more quickly, and she might die before she could enjoy the affluence that he, Odone, had promised her; he had done the wrong thing in leaving school for work; an error had been committed in his life, he could not say what or when, a mistake, a sin that distressed his heart more every day, one that he believed was his alone, not yet knowing (as he was to know only too well later) that such pain was the pain of man, of any creature living as an individual; it was the pain that religion calls original sin.

Outside the warehouse, Odone found the day labourers waiting for him with a consignment of oranges in crates, and he forgot himself easily in the task of labelling and supervision; then he wrote out some invoices; he transcribed into fine commercial handwriting a long letter of which the boss had given him a rough draft; he went to run an errand on the other side of the city; returned with the reply, and had to go out again to the Adria shipping company to pay a bill for shipment; he washed the canvas sheets and put the letters

lettere nella pressa; infine aiutò il facchino a chiudere.
Avrebbe anche dovuto affrettarsi alla Posta Grande,
affinché la corrispondenza partisse in giornata, ma per
quella sera, e appena fuori dalla vista del principale, la
gettò in una cassetta qualunque (la prima che trovò);
e arrivò a casa quasi di corsa. Sua madre, che lo aveva
aspettato alla finestra, aprì la porta senza domandare
'Chi è?'; gli tolse di mano il cappello, gli porse la giacca di
ricambio; e poi:

'Grazie,' gli disse sorridendo, 'grazie del bel regalo che mi
hai fatto. Quanto ti è costato?'

'Tre corone e cinquanta,' rispose allegramente Odone
'più venti centesimi di mancia. È poco, vero?' Era contento
e meravigliato che sua madre avesse accolto con piacere, e
come un regalo fatto a lei, quell'animale proibito, più invero
da cortile che da abitazione, e che insudiciava dove passava.

'Dov'è?' disse. 'Fammela vedere.'

La massaia aperse una porta. Dietro, appesa a un chiodo e
già spennata, la gallina, nella sua rigidità di cadavere, gelò il
cuore di Odone.

'Non so,' disse sua madre, 'come hai fatto a trovarne una
così bella grassa. Pare più un cappone che una gallina. Hai
avuto davvero l'occhio felice. Domani, con l'aggiunta di un
po' di manzo, te ne preparerò un brodo eccellente. Per questa
sera devi accontentarti della frittura. La povera bestia era piena
di uova, tanto che fu quasi un peccato averla ammazzata.'

Odone non volle sentire altro e corse a rifugiarsi nella sua
stanzetta. Il cuore gli batteva forte forte, e lacrime di dolore
gli pungevano gli occhi, non solo per la miserevole fine del
pollo – servito ad uno scopo così diverso da quello per cui
l'aveva comperato – ma al pensiero che sua madre – sua
madre! – non lo avesse capito. Era possibile questo? Che una
madre non capisse suo figlio? Che un figlio, per farsi capire

in the press; finally, he helped the care-taker to close up. He ought also to have hurried to the central post office to make sure the correspondence should leave within the day, but that evening, as soon as he was out of sight of the boss, he threw it into an ordinary letterbox (the first he found); and he arrived home almost at a run. His mother, who had been waiting for him at the window, opened the door without asking: 'Who is it?' She took his hat from his hand, handed him his spare jacket and then said with a smile:

'Thank you for the nice gift you gave me. How much did it cost you?'

'Three *Kronen* fifty,' Odone replied cheerfully, 'plus a twenty-*heller* tip. Not much, is it?' He was happy and surprised that his mother had welcomed with pleasure, and as a gift for her, that forbidden animal, in truth more adapted to a farmyard than a dwelling, which soiled everything in its path.

'Where is she?' he said. 'Let me see her.'

She opened a door. Behind it, the hen hung on a nail, already plucked, in the rigidity of death. The sight froze Odone's heart.

'I don't know,' his mother said, 'how you managed to find such a nice fat one. It looks more like a capon than a hen. It really was a lucky find. Tomorrow, I'll add a bit of beef and make you an excellent broth. For this evening, you'll have to be content with an omelette. The poor beast was so full of eggs, it was almost a sin to kill it.'

Odone did not want to hear any more and ran to take shelter in his room. His heart was pounding and tears of grief stung his eyes, not only for the miserable end of the fowl – which had served a purpose so different from the one for which he had bought it – but at the thought that his mother – his own mother! – had not understood. Was it possible that a mother did not understand her son? That a son, to make

da sua madre, dovesse spiegarsi come con un estraneo? Erano fatte così le madri (dieci anni dopo avrebbe detto le donne), o solo la sua? Non sentiva una grande volontà di parlare; tuttavia, quando la colpevole entrò nella sua stanza, con in mano il lume a petrolio già acceso, Odone volle spiegarle l'equivoco: l'immenso dolore che, sia pure involontariamente, gli aveva procurato.

La signora Rachele alzò le spalle, si meravigliò, si stizzì, disse che quando un ragazzo ha quindici anni fra due mesi, non gioca più con le galline. Poi lo invitò ad uscire un poco, perché la cena non era ancora pronta e una breve passeggiatina gli avrebbe fatto bene.

'Chi l'ha ammazzata?' domandò Odone.

'Io. Perché mi fai questa domanda?'

'Perché credevo che tu non avessi il coraggio di ammazzare i polli.'

'Quando ero ragazza,' disse la signora Rachele, 'non ne avrei ucciso uno nemmeno per cento franchi. Ma, da quando sono diventata madre, non mi fa più nessun effetto. Quando tu eri convalescente del tifo, con che gusto tiravo il collo a un pollastro, pensando al buon brodo sostanzioso che avrebbe procurato a mio figlio.'

Odone tacque, perché sentiva di aver da dire, in proposito, più a se stesso che agli altri. Ma da quella sera amò meno, sempre meno, sua madre.

himself understood by his mother, had to explain himself as if
to a stranger? Was that how mothers (ten years later he would
say 'women') were, or only his? He felt no great desire to talk;
nevertheless, when the guilty party entered his room, with
the oil lamp already lit in her hand, Odone tried to explain
the misunderstanding: the immense pain she had caused him,
however involuntarily.

Signora Rachele shrugged her shoulders, surprised and
annoyed, and said that a boy who was going to be fifteen in
two months' time does not play with hens. Then she advised
him to go out for a while, because dinner was not ready yet
and a little walk would do him good.

'Who killed her?' Odone asked.

'I did. Why do you ask me that?'

'Because I didn't think you had the courage to kill
poultry.'

'When I was a girl,' Signora Rachele said, 'I wouldn't have
killed a bird even for a hundred francs. But since I became a
mother, it's stopped having any effect on me. When you were
recovering from typhoid, I really relished wringing a fowl's
neck, thinking of the fine nourishing broth it would make for
my son.'

Odone fell silent, feeling that what he had to say on the
matter was more for himself than for others. But from that
evening on, he loved his mother less and less.

Acknowledgments

'Nome e lagrime' by Elio Vittorini is from *Le opere narrative, vol. II*, edited by Maria Corti (Milano, Italy: Mondadori, i Meridiani, 2001), © the Elio Vittorini Estate. Published by arrangement with The Italian Literary Agency. Translation © Erica Segre and Simon Carnell, 2019.

'Bago' by Alberto Savinio is from *Tutta la vita*. Translation © Michael F. Moore, 2019.

'*La Signora*' by Lalla Romano is from *Opere, vol II*, edited by Cesare Segre (Milano, Italy: Mondadori, i Meridiani, 2009), © the Lalla Romano Estate. Published by arrangement with The Italian Literary Agency. Translation © Jhumpa Lahiri, 2019.

'Mio marito' by Natalia Ginzburg is from *La strada che va in città e altri racconti*, introduction by Cesare Garboli, edited by Domenico Scarpa (Torino, Italy: Einaudi, 2018), © 1964, 1993, 2012 and 2016 Giulio Einaudi editore s.p.a. 'My Husband (Mio marito)', from *The Complete Short Stories of Natalia Ginzburg*, translated by Paul Lewis, © University of Toronto Press, 2019. Reprinted with permission of the publisher.

'La ambiziose' by Elsa Morante is from *Racconti dimenticati*, edited by Irene Babboni (Torino, Italy: Einaudi, 2004), © Elsa Morante Estate. Published by arrangement with The Italian Literary Agency. Translation © Erica Segre and Simon Carnell, 2019.

'Invito a pranzo' by Alba de Céspedes is from *Invito a pranzo* (Roma: Cliquot, forthcoming), © 2023 Cliquot edizioni srl in agreement with the Estate of Alba de Céspedes. Translation © Michael F. Moore, 2019.

Acknowledgments

'Dialogo con una tartaruga' by Italo Calvino, © the Estate of Italo Calvino, 2002. Used by permission of The Wylie Agency (UK) Limited. Translation © Jhumpa Lahiri and Sara Teardo, 2019.

'Malpasso' by Fausta Cialente is from *Interno con figure* (Pordenone, Italy: Edizioni Studio Tesi, 1991). Published by permission of the Estate, ©1982 Fausta Cialente; ©1994 heirs of Fausta Cialente. Translation rights arranged through Vicki Satlow of The Agency srl. Translation © Jenny McPhee, 2019.

'La cerbiatta' by Grazia Deledda is from *Romanzi e novelle*, edited by Natalino Sapegno (Milano, Italy: Mondadori, i Meridiani, 2004). Translation © Erica Segre and Simon Carnell, 2019.

'La gallina' by Umberto is from *Tutte le poesie*, © 1988 Arnoldo Mondadori Editore S.p.A., Milano. Translation © Howard Curtis, 2019.